代橋

夜逃げ若殿 捕物噺9

聖龍人

時代小説
二見時代小説文庫

目次

笑う永代橋——夜逃げ若殿 捕物噺9

第一話　虫聴き裁き

一

ちりりんちりりん――。

秋の虫の音《ね》が早くも聴こえる頃合い。

まだ夕刻だというのに、気の早い虫がいるものだ。

あれは、鈴虫かそれとも蟋蟀《こおろぎ》か？

左右が切り通しになった道灌山《どうかんやま》の一角を歩くのは、上野山下《うえのやました》にある片岡屋《かたおかや》という書画骨董などを扱っている店で、目利きの仕事をしている千太郎《せんたろう》。

じつに惚《とぼ》けた男で、苗字を訊かれると、

「姓は千、名は太郎」

と臆面もなく答えるような、すっ惚け顔の男である。

それでも、しっかり見つめると、そこはかとない気品があふれる面相をしていることに気がつくだろう。

なにしろ、下総《しもうさ》、稲月藩《いなづきはん》三万五千石のれっきとした若殿さまなのである。

そんな身分ある人がどうしてこんなところを、のたりのたりと暇そうに、虫の音に耳を傾けながら、歩いているかといえば……。

「祝言《しゅうげん》前に、私は夜逃げをする」

とばかりに、下屋敷から逃げ出してしまったからである。

祝言の相手は、将軍家御三卿、田安《たやす》家にゆかりのある、由布《ゆう》という姫。

この姫さま、名にしおうじゃじゃ馬姫で、もらい手などあろうはずがない、と思われていたお姫さまなのである。

この姫さまが、また、きままな行動を取ることは人後《じんご》に落ちず、

「祝言などしたら、思うように江戸の街を歩けなくなります」

とばかりに、以前にもまして江戸の町を歩き回るようになってしまった。

供をするのが志津《しづ》といい、十軒店《じっけんだな》にある梶山《かじやま》という店の娘で、行儀見習いの身分。

由布姫、志津とも十九歳という年齢が同じということもあり、普段から気が合い、

「お前が供をしなさい」

と江戸の町を歩くときは、必ず志津が一緒だった。

活発なふたりは、いろんな事件と遭遇する。

やがて、ある事件で千太郎に手助けをされたことから、急速に近づき、

「もしや……」

とお互いの身分について、想像することになった。

いまでは、ほとんどお互いの正体に気がついているのだが、世間に知られるわけにはいかない。

したがって、江戸の町でも上屋敷に戻っても、お互いは知らぬ間柄として秘密を持ち合っているのだった。

いま、千太郎と由布姫は並んで歩いている。

さっきまでこのあたりは雨が降っていたのか、地面がかすかに濡れている。その上を、小さな雨蛙が喉を蠢《うごめ》かせていた。

「いい季節ですねぇ」

明るい声で由布姫が千太郎の後ろから声をかける。

「ふむ……」

「虫も、こんな刻限から鳴くのですから」

「ふむ……」

「今日は、楽しい虫聴きになりそうですね」

「ふむ……」

「……言葉を忘れましたか？」

ときどき、千太郎はなにを考えているのか、わからない。

事件が起きたときなどは特にそうなのだが、いまは安閑《あんかん》とした夕刻から、黄昏《たそがれ》時に向かう、頃合い。

事件を考えるような出来事も起きてはいない。

由布姫は慣れているとはいえ、せっかくふたりきりでいるのに、その態度はなんだ、という顔をしながら、千太郎の背中をとんと叩いた。

「もっとましな返答をしてください」

「いまは、できぬ」

「はて……それはなぜです？」

由布姫の眉が上がった。

「危険が迫っている」

「え？」

周囲を見回してみたが、由布姫の目にはゆったりと時が流れる景色が入ってくるだけだ。

「なんのことです？」

「……後でわかる」

そういうと、ようやく千太郎はにこりと笑みを見せた。

切り通しを過ぎて、広場のような場所に出た。

周囲には、松の木や杉の木がうっそうと立っていて、そのあたりは光も遮られている。したがって、切り通しの道よりは暗かった。

茶屋が一軒、ぽつんと開いていた。

店といっても、簡素な葦簀《よしず》張り。長床几《しょうぎ》に中年の侍がひとり座って、茶わんを傾けている。

どこを見ているともわからぬ目つきをしている。

胡散臭《うさんくさ》い臭《にお》いを体全身から出している。刀を腰から抜いてはいるが、左手で持っているところから感じられるのかもしれない。

いざとなったら、とっさに抜いて斬る態勢である。

「なんだか、嫌な感じですねぇ」

ぼそっと由布姫が呟《つぶや》いた。

ふむ、と千太郎は頷《うなず》きながらも、店に足を向ける。

「あら？」

通り過ぎると思っていたのだろう、由布姫は驚きの目を向けた。

「喉が渇いた」

「本当ですか？」

「そんな気がする」

まぁ、と睫《まつ》毛《げ》を蠢かせて、由布姫は後に続く。

浪人らしき男から少し離れた場所に座った。

そのとき、ふとふたりの目に、離れたところに娘が立っている姿が入った。

こちらを窺っているような雰囲気もあるが、だからといって、店に来る様子もない。

きょろきょろとしているせいか、誰かと待ち合わせでもしているように見えた。

「なんでしょうねぇ？」

不思議な人がふたりもいる、といいたそうに由布姫がぼやく。

「なにか、おかしなことが起きなければいいのですが」

「ふむ……」

さっきから、千太郎はまともな応答をしていない。

さすがに、由布姫も嫌気がさしてきたのか、

「なにか、もっとましな答えはできませんか」

「そうようなぁ……」

「なんです、さきほどから」

「では……」

千太郎は、笑みを浮かべながら、

「手妻《てづま》でもやるかな」

「はい？」

「これから、ちょっとしたら、姫、いや雪《ゆき》さんの巾着《きんちゃく》がなくなる」

「なんですそれは、千里眼《せんりがん》ですか」

「まぁ、そんなようなものだ」

「なにをおっしゃるのか、さっぱりですよ」

「いまに、わかる」

「それは、楽しみですこと」

千里眼などあるはずがない、といいたいのだろう、由布姫はまったく千太郎の言葉を信用する気はなさそうだ。

千太郎はにやにやと笑っているだけで、それ以上の説明はしない。

浪人が茶屋女を呼んで、もう一杯茶を所望《しょもう》、と囁いた。

どこから出ているのか、声がしゃがれている。

それがどうにも嫌悪《けんお》しか感じられず、由布姫は、眉をひそめた。

「なんでしょうねぇ、あのかたは」

「浪人だろう」

「そのくらいは、私にも気がつきます」

「ほい、そうであったか」

「なにか、おかしなことをやりそうな気がします」

「偏見はいかんなぁ」

「観察です」

「なるほど……」

本当に得心したのかどうか、由布姫には判断がつかない。

もういいです、といって由布姫が立ち上がった。

同時に、松の木のあたりでぼんやりしていた娘が、こちら側に歩いてくる。

床几から立ち上がった由布姫の腰のあたりに、どんと衝突した。

「あ……申し訳ありません」

娘は、慌てておじぎをしてから、その場を離れようとした、そのとき、

「待て！」

浪人が、嗄《しゃが》れ声で叫んだ。

「そこの女」

「…………」

娘は、体を固くしたまま、背中を見せて立ちすくんでいる。

浪人は、その後ろに歩み寄り、

「その手を見せろ」

娘の手を捻《ひね》り上げた。

「あ……ご容赦を」

「勘弁はできぬ……。さっきから挙動がおかしいと思って見ておったのだ」

「い、痛い……」

捻り上げられた手をかざしながら、娘は体を捩《ねじ》った。

「これはなんだ」

持ち上げられた手のなかに、桃色をした巾着が握られていた。

「お前は、掏摸《すり》だな」

浪人が、女の手をさらに捻りながら、問い詰めた。

「……お許しを」

娘は顔をしかめながら、痛みに耐えているようだ。

由布姫は、懐に手を入れて確かめてみる。ない。あれは確かに、自分の巾着だ。

「まさか……あの娘が」

そこはかとなく、憂いがあるように感じていたせいか、悪さをするような娘には、思えなかった。

「それが、油断だったのでしょうか」

不機嫌な目をして、由布姫は呟きながら、娘の前に行こうとした、そのとき、

「わっははは！」

大声で千太郎が笑いだした。腹を抱えるような仕種《しぐさ》までしている。

「な、な、なんだおぬしは」

思わず捻っていた手を放した浪人が、千太郎に目を向ける。

「おぬし、いかにもよいことをしたと思っているらしいが」

「掏摸を捕まえたのだ、当然であろう」

「そうかな」

そういうと、千太郎は自分の懐から、同じような色の巾着を取り出して、

「こっちが本物だ。いや、贋物があるわけではないが、金子《きんす》が入っているのは、こっちだ、という意味でな。それには、一文も入ってはおらぬ。なにしろ、私のだからな」

「な、なに？」

その言葉に驚いたのは、浪人だけではない。もちろん掏摸の娘も同じ顔をするが、それ以上に目を丸くしたのは、由布姫である。

「そ、そんな……本当の掏摸はあなたですか！」

「まさか。さっき、ちょいとすり替えておいたのだ」

「なんと……」

まったく気がつかなかったと、由布姫は悔しそうに唇を嚙みしめる。

「いつの間に……」

「なに、出かける前に、ちとな……」

「こんなことが起きると気がついていたのですか？」

「本当のところは、わたしが間違えただけだ」

わっはははは、と大笑いしながら、またもや腹を押さえて、

「怪我の功名とはこのことだ」

「……なんか、違うような気もしますがねぇ」

由布姫の顔にも、明るさが戻っている。

「というわけでな。その娘を放してもいいのではないか」

「ううむ……」

せっかく、自分が手柄を立てたのだ、といいたそうな浪人の顔が、赤くなる。怒っているのだろう。

さらに、これでなにがしかの小遣いでももらえるとでも思っていたのだろう、当てが外《はず》れて、そのような顔になったと思えるのだった。

浪人が手を放した瞬間に、女掏摸はそのまま逃げだした。

「わはははは。礼はなしか！」

千太郎が、苦笑しながら叫んだ。

浪人は、肩を怒らせながら、その場から離れていった。

「これが、さきほどなにやらいっていた、危険ですか？」

「危険というほどのことではなかったなぁ」

わっはっは、という大笑いが、道灌山の森に吸い込まれていく。

二

浅草奥山《おくやま》の、水茶屋の一角に弥市《やいち》が座っていた。

山之宿《やまのしゆく》に住まいがあり、そこから山之宿の親分と呼ばれている岡っ引きである。

近頃は、不思議な事件ならこの親分へ、と噂されるほどの腕っこきとして知られるようになっていた。

それもこれも、千太郎がそばについているからだ。

おかしな事件が起きると、千太郎に相談に出かけるのが常になっているのだが、世間はそんなことは知らないし、知ったところで意味はない。

「あの親分に頼めば、あっという間に解決してくれるぜ」

つまりは、事件の謎を解く力があればいいのである。

この界隈《かいわい》では、顔が売れているから、通りすがりのお店者《たなもの》から茶屋女、それにあやしげな浪人まで、頭を下げていく。

さっきは、見せ物小屋の座元が懐紙に包んで、

「いつも、お世話様でございます」

と袖の下を置いていった。

茶屋の女や客たちは、それをごく普通のこととして見ているから、弥市としてもくすぐったかった。

もっとも、それがあるから、聞き込みのときなども、小遣いをあげて裏話を聞き出すことができるのだ。

大名などでも、ときには屋敷のなかで世間をはばかるようなことが起きている。そんなときに弥市のようなご用聞きが呼ばれて、内密のうちに処理する。また謝礼をもらう。

いわば、世間と岡っ引きは持ちつ持たれつなのだ。

いま、水茶屋でのんびりと油を売っているような顔をしているが、目はらんらんと輝いている。

歩く人の流れを目で追い、怪しい者がいないかどうか、観察しているのである。だ

が、十手《じって》をわざと隠しているのは、よそ者がご用聞きだと気がつかないようにするためだ。

よそ者のなかには、凶状持《きょうじょうも》ちもいる。

そんな連中にばれたら、逃げられてしまう。それを避けているのだ。また十手は、そうそう見せ回すものではない。

さらに、この茶屋にいる理由があった。

弥市は、世間に知られず、密偵を使っている。

そのうちのひとりが、徳之助《とくのすけ》といい、これがまた天から授かったような女たらしで、とにかく女にもてる。

顔がいいわけでもなければ、金持ちでもない。むしろ貧乏の部類だろう。

ところが、そんな徳之助を女たちは、放っておかないから不思議である。

徳之助は自分の塒《ねぐら》というものを持たない。

女の住まいを、渡り歩いているからだ。

つい、最近までは深川にいる女のところに居候をしていたのだが、そこから出て、いまは、山下の矢場女《やばおんな》のところに転がり込んでいるらしい。

そこだとて、すぐまた消えてしまうのだろう。

ひとり者の弥市から見ると、うらやましいようなものだが、

「俺は、女と暮らすなら、死ぬまで連れ添うのだ」

と心に決めている。もっとも、以前からの思いではない。

「徳……てめぇと会ってから、そう思うようになったぜ」

徳之助に吐き出したことがあり、それ以来、律義《りちぎ》にその気持ちを保っているのだった。

「親分……」

なんの気なしに、そんなことを思い出していると、

「お待たせいたしました」

茶屋に、徳之助が入ってきた。

相変わらず、派手な格好をしている。女物をそのまま羽織っているからだ。

「なんでぇ、その帯は女の腰巻きかい」

「へへへ、ちと急いで来たんでね」

「ち……」

小言《こごと》のひとつもいいたいのだが、これでも徳之助が持ってくる世間の裏話は、けっこう役に立つ。女同士の噂は、探索には重要なのである。

　徳之助は、弥市のとなりに、少しだけ体を斜めにして座った。

　対面すると、このふたりは仲間だと思われてしまう。それは、徳之助にとっては避けたいことだ。密偵だとばれてしまったら、女たちも逃げてしまうだろう。

　したがって、会話も小声だ。

「親分、民六《たみろく》って野郎、ご存知ですかい？」

「民六……」

「その顔は、覚えているって意味ですね？」

「あぁ……忘れかけていたがなぁ」

「どういう関わりです？」

　その問いに、弥市の顔が少しだけ柔らんだ。なにかを思い出している目つきである。

「民六とは、若い頃、手柄を争ったものよ」

「へぇ……」

「野郎と俺はなぁ、ふたつ違いで、おれのほうが上だったからな」

「じゃ、負けられませんねぇ」

「そのとおりだ。ふたりとも、笠島新右衛門《かさじましんえもん》さまという見回り同心から手札をもらっていたんだが、そのうち、笠島さまが凶賊の刃に倒れてしまった。そのとき、民六は一緒に捕物に出ていて、奴のせいで賊に逃げ道を作られてしまったんだ」

「やりきれねぇですね、それは」

「途中まで笠島さまは、追いかけた。だが、そこで賊のひとりに、腕の立つ浪人がいてな。その野郎に斬られてしまった……」

「それで命を？」

「いや、そのときはまだ怪我で済んだんだが、それが元で捕物ができねぇ体になってしまったのよ」

「そんなことがあったんですかい」

「それが民六には、重くのしかかっていたんだろうなぁ。しばらくして、民六は十手を返上《へんじょう》したんだ」

「それは、いつのことです？」

「もう、十年以上も前のことだ」

そこまで弥市は語ると、ふと怪訝《けげん》な目つきで、徳之助を見た。どうして民六を知っているのか、という目だった。

「へぁ、それをいまから話そうと思っていたんでさぁ」

いま徳之助が居候を決め込んでいる女は、お里《さと》といった。

お里は、矢場女をやりながら、ときどき日本橋にある旅籠《はたご》、菊村《きくむら》で女中を務めている。菊村の女将《おかみ》が叔母なのだ。

その菊村に下男がいて、その男の名が、民六だというのであった。

民六は、ほとんど自分の境遇に関して語ることはなく、どんな素性の人か、旅籠の使用人たちも、まるで聞いたことがなかったという。

やがて、その民六が突然、姿を消したのが、いまから三ヶ月ほど前のことだった。

「……なんだ、民六を探してくれとでもいうのか」

弥市が話の腰を折った。それが気に入らぬのか、徳之助はちっと舌打ちをして、

「話は最後まで聞いてくだせぇよ」

そばを通っていく茶屋女に、目配せなどをしながら、話を続けた。

「その民六が、菊村に脅しをかけてきたんですよ」

「なにぃ？」

脅しとは、穏やかな話ではない。

「なにか、理由があるんだろうな」

「それが、なんだかよくわからねぇ」

「なにぃ？」

「お里によると、菊村の主人の顔色がすぐれねぇ、そこで、少し話しかけてみると、どうやら、民六がらみらしい、と睨んだってやつでしてね」

「なんだい。はっきりしてねぇじゃねぇか、それじゃ」

「だから、親分の出番なんでさぁ」

「なんだと？」

「民六は、親分の元十手仲間でしょう」

「うう……」

弥市は唸って、思わず懐に隠してある十手に手を伸ばした。

「もと、手柄を競い合った奴が、いまは脅しをかける悪人ときたら、これは、なんとしても真《まこと》のところを探りてぇんじゃねぇかと思いましてねぇ」

「ち……おためごかしをいいやがって」

「お里にも頼まれたんでね」

へへへ、と頬を歪ませながら、徳之助は鼻を掻いた。その顔は調べてくれますね、と笑っている。

三

弥市は、民六に会おうと決めた。

本人から、話を聞くのが一番だと思ったからだが、果たして会ってもらえるかどうか、それが問題である。

住まいは、お里が知っている。

徳之助もお里を連れて一緒に行こうと誘ったが、弥市は断った。

「差しで話してぇからな」

徳之助も、少し考えて、そのほうがいいかもしれねぇ、と頷いた。

お里から教えてもらった、民六の住まいは、東両国だった。

住まいといっても、なにやらの小屋の一角に部屋をもらってそこで寝泊まりをしている、という話である。

「あまりいい生活はしていねぇなぁ」

弥市は、ため息をつきながら、猥雑な東両国の通りを歩いていく。

最初、この話を千太郎に相談するかどうか、迷ったのだが、

「今回は、ひとりでやろう」

そう自分に言い聞かせた。

民六と過ごした時期を、もう少し大事にしたいと思ったからだ。会わなくなってから、十年以上。そこに、あの惚けた千太郎が会話に加わるのを、避けたというわけである。

東両国の通りには、多くの見せ物小屋が立っている。

みな簡易なのは、ここは火除地《ひよけち》だからである。したがって、夜になると店はみな畳まなければいけない。そのために、簡易造りになっているのだ。

白塗りのお化けの格好をした者や、首から熊の面をぶら下げている者など、怪しげな連中が歩く通りを過ぎて路地を右に入った。

角がそば屋で、そこを曲がると小さな小屋があるからすぐわかる、といわれていたのだが、確かに、十人も入ったらいっぱいになりそうな見せ物小屋があった。

壊れた板戸に描かれたと思える看板が、小屋の前に立て掛けられているが、風に吹き飛ばされたのか、それとも、誰か不届き者に蹴飛ばされたのか、看板は横に倒れたままだった。

「これじゃ、人は入らねぇぜ」

薄ら笑いをしながら、弥市は見世物小屋の裏側に回ってみた。

小さな掘立《ほったて》小屋が繋がって建っていた。

民六は、そこで寝泊まりをしているということだが、外から見る限り、ここはいわば芝居や見せ物の倉庫のようなところではなかったかと思える。

「こんなところにいるのかい」

久々に会える喜びよりも、哀しみが先に襲ってきた。

ふたりで手柄を争ったときとは裏腹な民六の生活ぶりを感じて、弥市は足がそこで止まってしまった。

「会ってもいいのか？」

だが、その思いはすぐ払拭《ふっしょく》した。

そんな気持ちになるのは、自分のほうが民六より上にいる、と感じるからだろう。

上下の差などあるはずがない。

「奴は、奴なりに命がけなのだ」

心に言い聞かせた。

見せ物小屋のほうで、なにやら歓声が上がっている。

内容を知ろうとは思わなかった。

ここは、東両国だ。どんないかがわしいものがあっても驚かない。

ご用聞きとしてそれでは困るのだろう。きちんと取り締まらなければいけないのだろうが、御公儀としても、ほとんど目こぼしを続けている。無理に自分が手を出して、嫌われる必要はない。

民六は、まだ表で仕事をしているかもしれない、と足をゆっくり小屋の戸口まで進ませた。

それを待っていたかのごとく、戸ががらりと開いた。

戸の陰から、ごま塩頭の男が出てきたが、それが民六だと確信するまで、数呼吸かかった。

「民六……」

「…………」

ごま塩頭の民六は、じっと弥市を見つめて、

「……山之宿の親分さんですかい」

腰を曲げて、挨拶をしようとした。腰の前で縛っている前垂れをはずそうとまでし始めた。

「民六……なんだい、そのつれねぇ態度は」

「………」

　民六は、こずるそうな目つきを弥市に送って、

「いまをときめく、山之宿の親分さんが目の前にいるんだ。偉そうな態度は取れねぇ」

「ばかなこというねぇ」

「おめぇさんが、それだけ偉くなったということだ」

　それに比べて、自分は……といいたそうに、前垂れをはずした。

　そんな民六の態度に、嫌なものを覚えた弥市だが、

「まぁ、そんなことより、どうだい」

　手を口元に持っていき、酒を飲む仕種を見せる。

「……まだ、仕事だ」

　確かに、小屋のなかからは笑い声が聞こえてくる。弥市が、そちらに目を向けると、

「あぁ、いまごろは、裸の熊ってのをやってるんだ」

「裸の熊？」

「なに、熊の毛皮を着た女が、ゆっくりとそれを脱ぐ見せ物だ」

　くだらねぇ、といいたそうな顔だった。

弥市はたいして驚きもしない。ここは東両国なのだ。ほかでは、やれつけそれつけ、など、たんぽという竿の先を綿で包んだもので、女の股間を突くなどというとんでもない遊びもある。

「仕事はどんなことをしてるんだい」

「………」

「小屋の掃除やら、下足番やら、女が逃げねぇように監視やら、なんでもだ」

「元、岡っ引きって看板がこんなところで利いているんだ」

「そうかい」

その看板で、女が逃げ出さないのだろう。

「弥の字よ」

ふと目を上げて、弥市を見つめた民六は、ふんと鼻を鳴らして、

「菊村に頼まれたのかい」

「……そんな台詞《せりふ》が出てくるということは」

「あぁ、脅迫してるさ」

「どうして」

「大きなお世話だ」

「どんな脅迫なんだい。使用人から、菊村の旦那がおかしい、誰かに脅迫されているようだ、しかも、その相手が、以前奉公していたおめぇだ、と聞かされただけだから、中身はまったく知らねぇ」

「それを俺に確かめに来たってわけかい」

「そうだ」

ふたりの会話が、そこで止まった。

お互いがお互いの腹の探り合いをしている。

弥市は、民六の狙いはなにか。民六は、どこまで弥市が知ってるか……。

「けぇってくれ」

背中を見せながら、民六がいった。

「ちょっと、待て」

そのまま、小屋のなかに戻ってしまいそうになり、慌てて弥市が民六の袖を摑む。

「おめぇが関わりあいになるようなことじゃねぇよ」

「そうはいっても」

「やめてくれ、昔の俺とおめぇじゃねぇんだ」

「しかし」

引き止める弥市を振り切り、民六は小屋のなかに入り、心張り棒を掛けてしまった。

数回、どんどんと戸を叩いたが、なかからはこそりとも音が聞こえない。

たいして広い小屋ではない。おそらく、畳にしたら三畳程度だろう。そんなところに、ひとりでじっと弥市が消えるのを待っている姿を想像すると、弥市はやり切れなくなってしまった。

「また来るぜ！」

それだけいうと、弥市は小屋の前から離れ、通りに向かった。

目の前を、裸同然の女が走り去っていくが、誰も気にする者はいなかった。

四

「ひと肌脱ぐか」

徳之助は、ため息をついた。

ここは、下谷山下の矢場の的《まと》が設置されている奥。

的は、砂が盛られた簡易な形で、砂山に的がぶら下がっている。その山の後ろで、徳之助は、ときどき、的を外れて飛んでくる矢を集めているのだ。

そばにある小さな床几に、弥市が腰を下ろしていた。

「話はわかったけどなぁ」

「なんだ」

「それじゃ、まったくなんの進展もねぇですよ」

「なにも喋ろうとしねぇんだ。仕方ねぇだろう」

「山之宿の親分も、元の仲間じゃ矛先《ほこさき》が鈍りましたかいねぇ」

「そんなことはねぇ」

言葉では反論したが、確かに追及は鈍っていたと自分でも思う。仲間意識が邪魔をしたのだろうか、と自問していると、

「ほらほら。その顔だ」

「なんだい」

「親分が、困っているときの顔」

「やかましい」

そこに、丸い顔をした女がやってきた。手に数本の矢を持っているから、お里だろう、と弥市は徳之助を見る。

「お里。どうしたい」

「声が聞えてきたからね」

「あぁ。こちらが、山之宿の弥市親分さんだ」

まぁ、とお里は丸い顔でにっこり微笑《ほほえ》んだ。手を袖になすりつけるような仕種をしながら、

「今回は、くだらないお願いをいたしまして」

ていねいに、腰を曲げた。なかなか動作も堂に入っている。

「いや、なに……だが、あまり役に立てなかったらしい」

自嘲ぎみに答えると、お里は首を振りながら、

「いいえ。そんなことはありません。この人がどんなことをいっても気にしないでくださいね。皮肉をいえば頭がいいとでも思っているような人ですから」

その言葉に、弥市は大笑いをする。

「やい、徳之助。いまの台詞、よく覚えておけよ」

「ち……」

弥市の心にそれまでとは異なり、ぽっと小さな光がついたような気がした。矢場でも人気の女だというから、客扱いだけではなく、人の気持ちをまろやかにする力を持っているのだろう。

「ところで、今後だが」

まじめな顔になって、徳之助を見つめると、

「頼みがある」

「へぇ……親分のためならなんでも」

へへへ、と悪戯《いたずら》小僧のような顔になって、

「わかりますぜ、潜り込めというんでしょう」

「……おめぇは、人の頭を覗けるのかい」

「親分のやり方は、慣れてますからね」

「そうかい」

ふたりの会話に、お里は首を傾げていたが、

「徳さんが菊村に潜り込むということですかい？」

「菊村の旦那から、直接訊き出すことができるなら、そこまでやることもねぇが」

「いえ……旦那さまは、ひとことも喋りません」

「なら、なにが起きているのか、潜り込むしかねぇ」

ちょっと遠くを見ていたお里が、ぽんと手を叩いて、

「それなら、ちょうどいい仕事があります」

そういって、お里はふっと笑みを浮かべると、

「いま、植木屋さんが入っているんですが。ところどころ石を動かしたい、と旦那さんが言い始めまして」

「なんだって？　それをおれに動かせというのかい」

女たらしが身上《しんじょう》の徳之助だ。力はない。

「違います。徳さんにそんな力がないことは、知ってます。石をどこに動かして、どんな庭に作り替えるか、それを思案するんです」

「それは、庭師ということかい」

「てきとうなことをいうのは、得意でしょう」

「だからといって……」

困惑する徳之助に、弥市が十手で肩をぽんと叩いた。

「さっき、一肌脱ぐしかねぇ、といったのは、誰だい」

「いや、それはそうだが……庭師になんざなれっこねぇよ」

「やるんだよ」

「そうだよ。徳さん。あたしのためだというのに、できないっていうのかい？」

丸い顔が、三角になりかかった。

「いや、いや。わかった。やるよ、やればいいんだろう」

その言葉に、お里の頬は丸く戻った。

お里の庭師という触れ込みは、功を奏した。

わりと簡単に、菊村に潜り込むことができたのだ。もっとも、お里の叔母、お茂《しげ》の口添えも効果があったのだろう
近ごろ旦那の菊治《きくじ》が沈んだ顔をしているというので、顔が広いお里に相談を持ちか掛けたのが、今回のきっかけだ。

そんな関係もあって、潜り込むのは、簡単にできたのだが、肝心の菊治とはまだ話ができずにいる。

しかし、そこは徳之助である。女中たちとあっという間に仲よくなり、店の内実などを訊き出すことができた。

菊治は、ほとんどお茂には店の話はしなかったという。だから、お茂はなにがどうなっているのか、ほとんど知らないのだ。

だが、奉公人の前では菊治もときどき、愚痴《ぐち》をこぼすことがあるし、怒りを見せることもある。

そんなときの言葉の端々《はしばし》から、いま菊治がどんなことで悩んでいるのか、感じることができる、とある女中はいった。

三十後家のその、お杵《きね》という女中は、

「あるお侍が来たんですよ」

菊村は、侍も出入りする旅籠だ。木賃宿《きちんやど》ではないからそれは不思議ではない。

「その方が来てから、旦那さまの顔色がどす黒くなりました」

「理由は?」

「さぁて。そこまでは私も知りません。女将さんから、心配だから訊き出してくれないか、と頼まれたんですがねぇ。大事な話をするような旦那さまではありませんからねぇ」

なるほど、と頷いていると、

「あぁ、そういえば、担当がどうのこうのといってましたよ」

「担当?」

「いまさら、担当をといわれても……。そんなことをぶつぶつといっていたような気がしますよ」

「その侍の担当が変わるとでも?」

「さぁ、そこまでは知りません。でも、返してくれとか、返せないとか……なんとか、かんとかと……」

「返す、返さない……」

なんのことか、徳之助にはまるで予測はつかない。

とにかく、この内容を弥市に伝えることにした。

連絡は、ときどき店の手伝いに来るお里に託し、弥市に届けさせた。

お里から連絡を受けた弥市は、徳之助が調べた結果を検討する。

「担当だって?」

弥市は、首を傾けるしかない。

武家のことには、なかなか手を出せない。

知った仲の家臣がいるような武家なら、なんとか知ることもできるが、お里の話では、あまり見たことはない侍だろう、という。お杵が古株だから、たいてい常連の客なら顔を知っているはずだが、自分が奉公する前に付き合いのあった侍らしいから、知らないと答えたそうだ。

「これは、千太郎さんに訊く手か……」

ひとりごちながら、弥市は十手を磨き直す。

手始めは、どんな侍か、それを調べることだ。

お里に、侍の名前と人となりを探るように、徳之助に伝えてほしいと頼んだ。

その結果、名前は、飯山安右衛門《いいやまやすえもん》といい、江戸に住まいがあるらしい。宿帳を見て判明したと、徳之助からの連絡だった。

宿帳に名前が書かれていたとしたら、一晩は泊まっていることになる。

それが本名かどうか、それをはっきりさせる必要があるだろう。

弥市は、武鑑《ぶかん》を調べることにした。

すると、飯山安右衛門という侍は、確かに市谷八幡《いちがやはちまん》のそばに住んでいることがわかった。五百六十石の旗本である。

それほどの家禄ではない。

「そんな侍が、なにをしに来たのだ？」

しかも、一晩泊まり、意味不明な会話を交わしているところを、お杵に見られている。

普段、店のことに関しては慎重だと思われる菊治が思わず、漏らした言葉。これは、なにを意味してるのか？

「やはり、千太郎の旦那に相談するか」

いくら熟考したところで、弥市にいい案は浮かんでこない。こうなったら、千太郎に頼んだほうが早い。

自分に言い聞かせた弥市は、片岡屋に向かって歩き始めた。

五

山下界隈は、上野の広小路よりは人通りは少ないが、それでも、買い物目的の若い娘や、その娘たちを目当てに若い男たちが集まる場所には違いない。

通りの見える帳場で、いま千太郎は刀の目利きをしていた。

となりに、ちょんと座っているのは、雪こと由布姫。

さらに、奥で仏頂面《ぶっちょうづら》を見せているのは、片岡屋の主人、治右衛門《はるえもん》である。

治右衛門は、自分でも目利きをおこなえるのだが、千太郎が来てからは、ほとんどまかせっきりだ。

だが、その鉤《かぎ》鼻と、不機嫌そうな見た目は、いつも変わりない。

ときどき、千太郎と由布姫を見るのは、癖のようなもので、見張っているわけではないのである。

千太郎が、手にした刀をじっくりと見ている姿を、雪こと由布姫はにこにこしながら、眺めている。

外を通る若い娘たちのなかには、用もないのに、店を覗いたり、ちょっと土間まで入ってきて、

「あのぉ……」

声をかける。

ただ、千太郎の顔を見たいというのが、その理由だ。

娘が、店に足を踏み込むと、

「はん？」

などと、惚けた顔を向けて、

「なにか、用事かな」

ゆったりとした声をかけると、若い娘は、

「出物でもあるかと思いまして」

「ほう、出物腫れ物ところかまわずだが、このところ、書画、骨董に出物はないなぁ」

惚けた応対をする。

その返答に娘は、けたけたと笑いながら戻っていくのだが、千太郎も由布姫も、不服をいうこともない。

そんなふたりの態度が、評判になり、いまや片岡屋は飛ぶ鳥を落とす勢いだった。

それでも、治右衛門の不機嫌な顔は変わらない。

口の悪い連中は、それを、山下の不機嫌親父と陰口をきいている。本人も知ってはいるが、変える気はないらしい。客商売なのだから、もう少しましな顔をしてくれ、という奉公人もいるのだが、

「この顔が、看板なのだ」

と治右衛門は、いたって元気なのである。

通りを治右衛門とは異なるが、同じような仏頂面をした男が歩いてきた。

懐に十手を隠しているのが、みえみえである。腹がつっぱらかっているのだ。それでも、隠しているつもりなのだろう。

「親分、どうした、そんな顔をして」

千太郎は、刀を見たまま話しかける。

「旦那は、どこに目がついているのかわかりませんや」

上がり框《かまち》に腰掛けながら、苦笑する弥市に、

「人は、見ようと思えば後ろだって見えるのだ」

「まさか」

「心頭滅却《しんとうめっきゃく》すれば、火もまた涼し、というではないか」

「……あのぉそれが、後ろまで見えるのとなんの関係があるんです？」

「なに。気にするな」

「…………」

由布姫は、声を出して笑いながら、

「親分、この人の言葉を真《ま》に受けてはいけませんよ。すぅっと流さないと」

「あぁ、雪さん。どうにもまだ、このお惚けには、きりきり舞いさせられます」

ふふふ、と笑って由布姫が訊いた。

「なにか、難しい問題でも起きましたか？」

「雪さんも千里眼みてぇだなぁ」

「あら、そんな顔をしていたら、誰だって気がつきますよ」

「ちげぇねぇや」

じつは、と座ったまま、弥市は徳之助から頼まれた話を語った。

黙って聞いていた千太郎は、それまで目利きをしていた刀を鞘に納めて、

「担当ではあるまい」

「はい？」

「短刀だろう」

「あ……」

同じ言葉でも、短刀と担当では大違いだ。

「つまり、短刀を返す、返さないと……？」

千太郎は、頷きながら、治右衛門に体を向けて、

「帳簿を見てもらいたい」

その言葉に、治右衛門はすでに、用意してあるという顔で、

「これだろう」

そういって、分厚い帳簿を開いて、こちらに見せた。

由布姫が、立ち上がってそれを千太郎まで運んだ。

「これだ……」

弥市が、なんのことか、という顔で帳簿をのぞき込んでいる。

「これを……」

見てみろと、千太郎は帳簿を弥市の前に差し出した。

「はて……あ、これは」

そこには、菊村、主人菊治、短刀一振り、と書かれている。一尺二寸の小刀だ。銘が書かれていて、野州《やしゆう》和泉守《いずみのかみ》盛親《もりちか》とある。

「これは、かなりのものですかい？」

「業物《わざもの》だが……」

千太郎は、ふたたび治右衛門に目を飛ばす。

治右衛門は、うんと頷き、

「それは、儂《わし》が目利きをしたものだ。普段腰に差すものではない。観賞用に作られたか、あるいは、祝用だろう」

「ふむ」

千太郎は得心顔で、弥市を見つめる。

「つまり、こういうことではないか」

飯山安右衛門は、何らかの祝い事で、この和泉守盛親を手にした。だが、手元に困り、菊治にそれを形《かた》にして借金をした。それを今度は、菊治が片岡屋に持ち込んで、金に替えてしまった、という推量である。

「菊治もひでぇことを」

「飯山は、もう必要ないとか、なんとかいったのであろうな」

「そういわれたら、金に替えてしまいますねぇ」

「よし、行って見よう」

突然、千太郎が立ち上がった。由布姫も、はいと続いたが、弥市だけは、ぽかんとしている。

「訪ねるのだ」

「どこをです？」

「決まっておるではないか。飯山家だ」

「しかし、いきなりですかい？」

「いかぬか」

「いや、まぁ、それは千太郎の旦那はいいでしょうが……」

「不服か」

「面食らってるんです」

「ならば、面食らいながらでもかまわんから、ついて参れ」

「はぁ……」

ついて参れ、といわれてもなぁ、とぶつぶつこぼしながら、弥市も腰を上げる。

「飯山の住まいは、市谷八幡近くだったな」

「へぇ」

飯山安右衛門、五百六十石普請役と、武鑑で調べがついている。

五百六十石はそれほどの家禄ではない。

そのような家が、どうして銘のある短刀を持っているのか。そこになにか裏が隠されているような気がする、と千太郎は由布姫を見た。

「……あい。わかりました」

由布姫は答えると、では、といってすたすたとひとりでどこかに行ってしまった。

千太郎の後を追いかけながら、弥市が問いかける。

「雪さんはどこに行ったんです？」

「さぁなぁ」

「また、すっ惚けですかい」

「違う。隠しているだけだ」

苦笑いをしながら、弥市は、まぁいいですけどねぇ、と呟いた。

「親分のためにに動いているのだから、安心しろ」

「はぁ」

そういわれても、弥市は蚊帳《かや》の外のような気がしてしょうがない。

市谷八幡に向かっていくと、神社に向かって登る階段の前で、徳之助が町娘と話しをしているところにぶつかった。

女が離れていくのを見計らって、弥市がそばに寄る。

「なんだ、こんなところで油売っててんじゃねぇ」

「親分、違いますよ」

「なにが違うんだ。女にちょっかい出していたんじゃねぇのかい」

「……近くに、飯山って武家の住まいがあるのをご存知ですね」

「それがどうした」

「そんなに、つっかからねぇで」

黙って聞いてくれ、という目つきをする。

「わかったから、早くいえ」

「その屋敷がどこらへんか聞いていたんです。ついでに、飯山さまの家になにか、変わったことでもねぇかと」

「……それで」

「近頃、婚儀があるんじゃねぇか、という話でした」

「ほう……」

弥市は、千太郎に目を向けた。短刀の件となにか関わりがあるのではないか、という顔つきである。

「それは、興味のある話だ」

千太郎も同調する。

「でしょう。あっしだって、伊達《だて》に女に話しかけているわけじゃありませんぜ」

皮肉な目つきで、弥市を睨んだ。

「わかった、わかった」

六

飯山安右衛門の屋敷は、八幡様の裏手にあるとのことだった。

小高い山になっているところを通り過ぎて、角を曲がると裏手に出ることができた。

その一角は、旗本や御家人の家が並んでいる。

千太郎は家の近くに着いたところで足を止めた。

家から、誰かが出てきたからだ。

ひとりは、侍。もうひとりは、腰元のような格好をしていた。そのふたりの顔を見ると、千太郎はにやりと笑った。

「こういうことか……」

その言葉に、弥市が問う。

「なにがです？」

「あのふたりだ」

「はぁ……」

「どうやら、あのふたりは、私を知っているらしい」

「どういうことです？」

「道灌山で、こんなことがあった」

千太郎は、掏摸の女とそれを摑まえた浪人がいた話をする。

「掏摸と浪人が、あのふたりだと？」

「江戸には、不思議なことが起きるものではないか」

にやにやと千太郎が笑いかけるが、弥市には、よく把握できていない。

「さっぱり意味がわからねぇ」

「あてずっぽうではあるが……」

千太郎が、謎解きを始める。

「つまりだ。あの男が飯山安右衛門だ。そして、腰元ふうの女の名は知らぬが、ふたりは、恋仲、あるいはそれに準じた仲だ」

「へぇ」

「婚儀があると申していたな」

「ははぁ……相手があの女……」

「道灌山でも、ふたりは私の前では、無関係のような顔をしていたが、それにしては、女のほうが何度も、男を見ていた。その謎は、こういうことだったのだな」

「最初から、その掏摸騒ぎは仕込んでいたというわけですね」

確かめたのは、徳之助だ。そうだ、と千太郎は答えて、

「おそらく、あれは私の腕を試したのだろう」

「なぜです？」

「いずれ、戦うときが来るかもしれぬからだろう」

「斬り合いをするんですかい？」

「……おそらく、例の短刀を取り返そうとするつもりだったのだ」

「ということは、あの刀が片岡屋に行ってしまったことを、飯山は知っていたという
ことになりますが」

「菊治が教えたのではないかな」

「金を持っていけば、取り返せるとでも、教えたんでしょうねぇ」

　と、弥市。

「だが、金はない。そこで、なんとか取り戻す方法はないかと考えたはずだが……と
なると、あれはおそらく、盗人でもやるつもりだったのかもしれんぞ」

「片岡屋に押し込むと？」

「そのときに、私と斬り合いになるかもしれん。そこで、腕試しをあんな形で仕込ん
だとしたら、どうだ」

「平仄《ひょうそく》が合いますねぇ」

　感動した声で、徳之助が頷いた。

「さすが、弥市親分の親分、千太郎親分だ」

「わけのわからんことをいうな！」

　弥市の拳が徳之助の頭に向かった。

飯山の家から出てきたふたり連れを、千太郎たちは尾行することにした。

ふたりは、あまり会話を交わすことなく、一心にある場所に向かっているようだった。

徳之助は、途中からちょっと用事があるから、と離れ、弥市とふたりで尾行を続ける。

江戸の町をゆっくりと歩くことのない、千太郎は、

「なにやら、よい天気ではないか」

などと、のんびりしたものだが、弥市はそうはいかない。

「天気がよくても、下手人《げしゅにん》が捕まるとは限りません」

「親分……」

「なんです」

「情緒がないぞ」

「事件は、情緒では解決できません」

話が嚙み合わずに、千太郎も語りかけるのをやめてしまった。

市谷から上野に向かい、広小路を過ぎ、そこから寛永寺《かんえいじ》を臨みながら、山下に出る。

途中から、歩く人の流れが変わるのは、いつものことだ。

広小路あたりは、若い娘だけでもそぞろ歩きはできるが、山下に入ると、女だけでは危険が大きい。近場に、遊女《ゆうじょ》が出る場所があり、けころと呼ばれている。

治安が悪いわけではないが、乱暴者たちも集まるので、娘たちは警戒するのだ。

「旦那……」

途中から、弥市が不思議そうな声をかけた。

「どうした」

「このまま行くと、片岡屋に出ます」

「おそらくそれが目的だろう」

「さっきの、盗人をやるという件ですかい？」

「偵察かもしれんな」

「こんな刻限に、そんなことをやりますかねぇ」

「本当の盗人だって、昼の人がいる頃に目的の店を偵察する」

「まぁ、そのほうが人混みに隠れて目立ちませんからねぇ」

「ふたりもそれを考えてのことだろう」

「しかし、やつらはどこから旦那のことを知ったんでしょう」

「菊治から片岡屋の件を聞いて、どんな店が確かめに来たのだろう」

「そこで、旦那の顔を見た……」

「だから、道灌山で腕試しを仕掛けたのだな」

「それに間違いねぇでしょう」

ふたりは、片岡屋を遠くから見つめている。

表からは、帳場が見えて治右衛門がどっかりと道を睨みながら、なにやら、目利きをおこなっている姿が見えている。

ふたりは、まさか千太郎が、後ろから自分たちの背中を見つめているとは、思っていないらしい。片岡屋を見つめて、こそこそと会話を交わしている。

「旦那……」

弥市が問いかけた。

「どうした」

弥市が、千太郎の袖を引っ張った。由布姫が、片岡屋に入っていったからだ。

「雪さんが戻ってます」

「あぁ、私が頼んだことを調べてきてくれたのだろう」

「こんなに早くですかい？」

どんな内容なのかわからぬが、由布姫のやることは早い。弥市は、かすかに眉をひそめて、

「しかし、あの雪さんという人はどんなおかたなんです？」

「なぜ、そのようなことを尋ねる」

「だって、そうじゃありませんか。いきなりどこかに行ったかと思うと、すぐ戻ってきて、けっこう的確な調べを教えてくれます。いままでも、何度もそんなことがありましたからねぇ」

「ははぁ……疑っておるな」

「へぇ……おそらくは……」

「密偵だとでも？」

「旦那もそうなんですかい？」

「よし……これでどうだ」

千太郎は、わざと強面の顔を作って弥市の前に、ぐいと押し出した。まるで、にらめっこでもするような仕種に、

「けっけけけ。そんな顔をされたんじゃや、いけませんや」

「だめか」

「旦那が密偵だったら、その辺にたむろしている、野良犬も疑わなければいけませせん」

「これは辛辣《しんらつ》な」

弥市は、にこりともせずに、

「でも、雪さんは違います。一度は、女同心などと羽目を外したりしていましたから ねぇ。並の女性ではできません。ただのどこぞのお店《たな》の娘さんには、どうやっても見えませんぜ」

「そうか」

まぁ、いいだろうと千太郎は、それ以上の会話は止めた。

「店に戻りますかい?」

弥市が問うと、

「いや、あのふたりをもう少し、見ていよう」

といった途端、ふたりは歩き始めた。

「いけねぇ、こっちに向かってくる」

弥市が、慌ててその場から離れようとするのを、千太郎は止めて、

「まぁ、待て、このままここにいるのだ」

「いいんですかい？」

「ふたりがどんな顔をするか見たいではないか」

「しかし」

「いいから、ここから動くなよ」

千太郎は、弥市に念を押してから、なんとふたりと鉢合わせをするほうに向かって、進んでいったではないか。弥市は、なにをするんだ、という顔をするが、止めずにその場で見つめている。

千太郎とぶつかりそうになって、飯山と思える侍は、これは失礼といって横に移動したのだが、

「あ！　おぬしは……」

驚きの顔で、千太郎を凝視した。

飯山とは好対照に、千太郎はにこにこと機嫌がよさそうだ。

「そちらのかたは、いつぞやの掏摸であるなぁ」

「………」

女は、顔を胸に沈めて千太郎と目を合わせようとしない。まさか、こんなところで、ばったり顔を合わせるとは、夢にも考えていなかったという顔つきだ。

「なにか、私に用事でもあったかな」

「……ごめん」

飯山と思える侍は、女を残してそのまま離れようとする。

「おっと、待った、待った。飯山氏《うじ》！　こちらの掏摸のかたをひとりにしては、いかんなぁ」

「なに？」

振り返った侍は、名前を呼ばれて焦りの汗を額に溢れ出している。

「やはり、飯山安右衛門であったか」

「な、なにを、知らぬ！」

飯山は、女を促して駆けだした。

女も慌てて、追いかけていく。そのとき、ふっとおじぎをしたのを千太郎は見逃さない。

「ううむ。しつけもできている。ただの馬鹿な旗本と思っていたが、ちと、思惑が外れたかな……としたら……」

例によって、千太郎はひとりごちながら、体を弥市に向けると、手を片岡屋を差し、

「行くぞ」

すたすたと歩き始めていた。

七

その日の夜――。

千太郎は、今日の夜、必ず盗人が入ると治右衛門に告げていた。

警護には、自分と雪、弥市がいるから心配するな、と伝えると、

「最初から、心配などしておりません」

あっさりと治右衛門は例によって、不機嫌な顔つきのまま答えた。

「さようであるか」

拍子抜けの顔で、千太郎は答えた。

弥市と由布姫は、どうして今日の夜とわかるのか、と疑問の声を上げたが、

「今日、来るつもりだから偵察に来たのだろう」

「でも、千太郎の旦那に会ったから、やめるかもしれませんぜ」

弥市の言葉に、千太郎は、腕を組みながら、

「あの飯山という男は、負けず嫌いと見た」

「だから、今日来ると？」

「おそらくな」

「でも、ばれているのを知っていて、そんな危険を犯しますか？」

「それだけ、切羽詰まっているということだろう」

「あの短刀には、どんな訳があるんですかねぇ」

弥市の疑問に答えたのは、由布姫だった。

「それは、あの短刀は、ある高貴なかたからの拝領ものなのです」

「ある高貴なかた？」

そんな言い方をするとしたら、将軍さましかいない、といいかけると、

「まぁ、名前まではいわずともよい」

千太郎が止めた。

由布姫も、それに同調して名は出さずに、

「今度の祝言で、相手がその拝領の短刀を見たいと申し出たそうなのです」

「なるほど。それで慌てたというわけですね」

「飯山安右衛門は、まさかその話を知っている者がいるとは思っていなかった。拝領したのは、二代も前のご先祖ということですからね」

「それが、いま頃になって、幽霊のごとく出てきたと」

弥市の比喩《ひゆ》に、千太郎と由布姫は苦笑する。

「安右衛門としては、二代も前の話を覚えている者はいないだろう、と勝手に解釈してしまい、さらに貧乏が重なって菊治に渡してしまったのでしょう。今度の祝言は、ふたりは好き合っているらしいのですが、身分が違うということです。でも、先方は、そんな短刀があるくらいの家なら、許す、といったそうです」

「でも、それを見せなければ信用してもらえない、ということですかい」

「家格が違うのですからねぇ」

由布姫が、ため息をつくのを見て、

「武家ってのは、面倒なもんだ……」

弥市が、ふたりの顔を見比べながら、

「そんな裏があるから、おふたりもなかなか祝言とはいかねぇんですかい？」

「なんですって？」

由布姫の顔色が変わりそうになったのを見て、千太郎は、まぁまぁ、となだめながら、目配せをする。弥市は、ふたりの正体は知らぬのだ。

「私たちは、そんな仲ではないからな」

千太郎がそういうと、由布姫も、はい、と頬を赤くしながら答えた。

弥市は、そんな嘘は通用しねぇ、といいたそうな目つきをしながら、

「まぁ、いまはおふたりのことじゃありませんからねぇ」

「そのとおり」

千太郎は、勢いよく応答すると、由布姫の顔もほころんだ。

「ですが、旦那……」

「盗人のことか」

「へぇ。もし本当にやってくるとして……摑まえるんですかい？」

「どうかな」

千太郎は、由布姫を窺った。

短刀を売り飛ばしたのはふとどきであるが、祝言を挙げようとするふたりの気持ちを考えたら、盗人として捕縛し目付に渡すのは、どうなのか。千太郎は、そういいたいのだ。

その気持ちは、由布姫にも伝わっているのだろう、

「なんとか、祝言だけは挙げさせてあげたいと思いますが……」

「だけど、旦那……相手は、盗人に来るんですぜ。お侍ですから、あっしは偉そうに

いえませんが」

「まぁ、なんとかいいように考えよう」

うんうん、とひとりで頷きながら、千太郎がいった。

「まぁ、夜になるまで、そのあたりで昼寝でもしておれ」

「まさか……」

立ち上がりながら、弥市は十手をしごいて、

「ちょっと、見回りに行ってきます」

そろそろ秋祭りの季節だ。

あちこちから、賭場を目当てにやくざが江戸に入ってくる。それだけ、喧嘩や暴力沙汰が増える。

弥市は、江戸を守らねぇとなぁ、とぶつぶついいながら、片岡屋から出ていった。

それを潮に、由布姫もまた夜になったら来ます、といって屋敷に戻った。

千太郎は、治右衛門から頼まれた刀の目利きに戻っていく……。

山下の喧騒が消えて、酔っ払いや喧嘩の声も聞こえなくなった頃合い。

由布姫と、弥市が木戸が締まる前に、片岡屋の離れに姿を見せていた。

弥市は、見回りからの戻りだが、疲れも見せずに、十手を磨いている。由布姫は、なにやらほんのりと頬を赤くしているのは、屋敷で酒でも飲んできたのだろう。

普通、姫はそんなことはしないが、じゃじゃ馬で知られる由布姫なら、やりそうなことだ。

千太郎は、目をしょぼしょぼさせていた。

刀の目利きで疲れたのだ、と言い訳しているが、どうやら夕寝をしていたらしい。

「旦那……そんなんで、大丈夫ですかい？」

「私が間違ったことをしたことがあるか」

「ありませんか？」

「ふむ。親分と同じだな」

「……じゃ、ありませんね」

「気が合って、よかったぞ」

「へぇ……」

なんて会話だ、と由布姫は半分、眠そうな目つきをしながら呆れている。

「ふたりは、長生きしますねぇ」

「それはありがたい」

間髪《かんはつ》を入れずに、千太郎が応じた。

そのようなたわいない時を経て……。

上野の時の鐘が、亥《い》の刻を告げた。

「そろそろ来ますかね」

弥市が、早くすませたいという顔をしている。侍との関わり合いは面倒が多いから、その気持ちは千太郎も由布姫も頷くしかない。

と──。

かすかに、表で音が聞こえた。

「来た……」

「本当に来ましたねぇ」

馬鹿だなぁ、といいたそうな目つきで、弥市は十手を手に持って、

「行きますかい」

「親分。飯山安右衛門に関しては、私に預けてほしい」

「はい？」

「いや、盗人はよくない。だがな。武士の情けだ」

「あっしは、武士じゃありません」

「そこをなんとか」

「まだ、摑まえてもいねぇのに、そんなことをいわれても」

「そうであった」

薄笑いを見せて、千太郎は由布姫に合図を送る。

「さぁ、行こう……」


千太郎は、わざと大戸をおろさないように治右衛門に頼んでいた。飯山は、潜り戸をこじ開けてなかに入り込んでいた。

「待っていたぞ」

千太郎が、立ち塞がった。

「罠だと知ってここまで来たのを褒《ほ》めて取らそう」

「なに？」

飯山が、千太郎の言葉遣いに目をきつくした。まるで、家臣に向けたようないいかただったからだ。飯山安右衛門は、お目見えの身分だとはいえ、大名たちと顔を合わせるだけの身分ではない。

城内でも千太郎の顔を見たことはないはずだが、態度に気品を感じて千太郎の顔をじっくり見つめる。

「おぬし……何者」

「はん？　なに、ただの目利きである。だが、世の中の目利きもやるでなぁ。特に悪事に関してな」

にっこりと微笑む顔は、屈託《くったく》がない。

飯山は、不思議そうな顔をしたが、

「とにかく、あの短刀を返してもらいたい。それだけだ、怪我をせぬうちに、いうことを聞いてもらいたい」

「ほう……私と戦うか」

「問答無用！」

飯山が、立ち塞がっている千太郎に向かって、上段から刀を振り降ろしながら、突進した。後ろには、女が立っていたが、その顔は、由布姫を見つめて、呆然となり、体が固まっている。

「安右衛門さま！」

女が叫んだが、飯山にその声は聞こえない。

短刀をなんとか取り戻したい一心なのだ。

だが、腕が違い過ぎた。

音もなく、千太郎は体《たい》を入れ替えると、一瞬の間に飯山の体の横にぴたりとついて、逆手を取っていた。刀は抜かずに、飯山の耳元でなにやら囁いた。

その途端であった。

飯山の体から力が抜け、さらにその場に蹲《うずくま》ったと思ったら、脇差を抜き、腹に突き立てようとした。瞬時に千太郎がしゃがみ込んで、その手を止める。

ふたりの戦いを見ていた由布姫が、そっと前に出てきて、飯山のそばに寄った女に近づき、

「富《とみ》……」

「姫さま」

「し……いまの私は雪です」

小声の会話だから、陰に隠れている弥市には聴こえない。

千太郎が、飯山の前にしゃがんだまま、やさしく語りかける。

「飯山安右衛門。そちの気持ちは十分こちらに伝わっておる。だが、例の短刀を売り飛ばしたのは、いかぬなぁ」

「は……」

「だが、そこのお富という者が、この姫の元腰元だったというのを考慮して、今回は不問に処すことにする」

「あ……」

　飯山の口からは言葉が出てこない。涙が溢れ出しただけだ。

「だがな、それだけではこのまま返すわけにはいかぬ」

「は、なんなりと」

「死を覚悟して、この店に飛び込んできたのだ。死ぬ気で、このお富を守ると約束せよ」

「あ、もちろんにございます」

「ならば、行け」

「あの」

「なんだ」

「それだけでございますか」

「短刀なら、そこにある。持っていけ」

　千太郎は由布姫に視線を送った。

　頷きながら、由布姫は懐剣として持っていた和泉守盛親を、お富に渡した。

った。

「姫さま……」

「早く行きなさい」

はい、と返事をすると、振り返り、何度も頭を下げながら、潜り戸を抜け出してい
った。

一部始終を見ていた、弥市は、不服そうな顔でふたりの前に進み出て、

「なんです、いまのは」

「まぁ、気にするな。世の中には、悪事の目利きが必要だということだ」

「意味がわかりませんや」

徳之助とお里には、こういう結果になったことを伝えなければいけねぇが、と弥市は、少し悩んでいるような目をする。

「まぁ、よしなに頼む」

と、千太郎は、ていねいに頭を下げた。

さすがに、それはやめてくれ、と弥市もふたりと菊治にはうまく伝えておきまさぁ、と頷くのだった。

「民六は、あの短刀の話を知っていたんでしょうねぇ。だから、それをねたに金をかすめようとした……。なんだか、情けねぇなぁ」

これから、民六のところにも行かなければいけないかと思うと、弥市の気持ちは沈んでいる。

「捕縛はするな」

千太郎が念を押す。

「そうですねぇ。まぁ、菊治がなんというかですが……」

「そのあたりは、親分の力だな」

「昔の誼《よしみ》だ。なんとかしますよ」

それがいい、と千太郎と由布姫は、頷き続ける。

「それにしても、あのお富がうまく掏摸などをできたものですねぇ」

由布姫が首をかしげると、

「そこだな。よほど手が器用だったのだろう。だから、あんな掏摸の策などを考え出したのだろうが、無駄だったということだ」

「あまり策をこねくり回すのも、良し悪しですね」

「そういうことだ」

弥市の不機嫌な声音《こわね》とは裏腹に、深夜の片岡屋に千太郎の高笑いが響き渡っていた。

第二話　笑う永代橋《えいたいばし》

一

「旦那。橋が笑うなんてぇことがありますかねぇ」

「はて。なんだな、それは」

「いえ、そんな話がありましてねぇ」

　上野山下にある片岡屋の離れ。千太郎は床柱を背中にもたれてぼんやりしている。なにやら、憂いのある顔つきは、普段の千太郎ではない。まだ、縁側から落ちたときに打った腰が痛いのだろう。

　その前で、膝を揃えて、十手を横に置いたまま、弥市が首を傾げながら問いかけている。

例によって、由布姫がふたりの会話をじっと聞いている。その顔はなにか事件が起きたらすぐにでも飛び出そうとしているようだ。

弥市が持ってきた話は、事件というよりは怪談話といったほうが良さそうな内容のせいか、それほど興味がなさそうである。

弥市は、ぼぉっとしている千太郎の顔を見つめながら、

「そんなのんきな顔をしているということは、興味がねぇということですかね？」

「ふむ」

なにを考えているのか予測のつかない千太郎の態度には、弥市は慣れている。だから普通なら力が抜けてしまうような態度にも気にせず、

「じつは、こんな話なんですがね」

千太郎の態度にかまわず、話を続けだした。

回向院《えこういん》前の長屋に住む、大工の冬吉《とうきち》という男がいる。

弥市は、その男から聞かされたと注釈をつけて、

「そいつは、いつものように、仕事がはけた後、広小路のてんぷらを出す屋台で飲んでいたと思いなせぇ」

「ふむ」

目だけ、弥市に向ける千太郎に、弥市は苦笑しながら、

「大工としては、まぁまぁ、稼ぎがあるから、毎日、仲間と飲みに行くらしいんですがね。これが、まぁ酒好きときてまして」

「面倒な人物像はいいから、端的にいえ」

「はぁ……」

話の腰を折られて、弥市は少し鼻を鳴らしたが、、

「じゃ、そうしましょう」

まじめな顔で、弥市は語り続ける。

冬吉が飲む縄張りは、深川《ふかがわ》だ。だが、その日はわざわざ両国まで足を伸ばしていたのであった。、

冬吉は、仲間の与助《よすけ》と屋台に入った。

与助は、まだにきびが吹き出していて、十代だろう。

やたらとあなごのてんぷらばかりを頬張っている。

冬吉は、周囲の連中にやたらと、橋が笑ったのだ、橋が笑うところを聞いたことがあるか、と何度もしつこいほど訊き回っている。

だが、ひとりとして、そんな話には耳を貸す者は出てこない。そのせいか、冬吉は、

ふてくされながら飲んでいた。

だが、ひとりだけ反応した者がいた。

興味深そうにしていたのは、となりに座った男で、浪人髷の侍だった。

「橋が笑っていただと？」

「本当だから、しょうがねぇ」

浪人は、そんなばかなことがあるか、と薄ら笑いを見せながらも、面白そうに冬吉に話しかけている。

「本当に橋が笑ったと思っておるのか」

「嘘じゃねぇ！　本当に、橋が笑ったんだ」

冬吉が叫びながら、立ち上がったから、店にいたほかの客も驚いた。一斉に冬吉に目が向く。

「本当に、笑ったんだぜ！」

集まっている目に向かって、本当だ本当だと何度も叫び続ける。

「わかったから、座って落ち着け」

浪人が、宥めながら、

「そんなに興奮するな。詳しく話してみろ」

冬吉は、座ると自分が客たちに注目されていると思ったのか、満足そうに頷いて、なおもいいつのった。

「だからな……橋が笑ったんだ」

「同じことばかりいっていねぇで、もっと、詳しく説明しろい！」

遠くの客が叫んだ。

「だから、橋がな、あるだろう？　永代橋だ。あのそばに行ったときのことだから、なんだ……、橋のほうから、ううううい」

酔っぱらっているから、要領を得ない。

横にいた若いにきび面の与助が、俺が説明する、と冬吉の肩を叩いた。

「数日前のことだった。木戸が閉まる前だから、まだ亥の刻になる前、俺と冬吉兄ぃと永代橋筋の屋台で、飯を食っていた。兄ぃは、いつものように酒を飲んでいたけど、俺は、お茶漬けを食っていただけで、酔ってはいねぇ」

ここが大事とばかりに、言葉を切って周りを見つめる。要するに、自分は素面《しらふ》だったからちゃんとそのときのことは、覚えている、といいたいのだろう。

となりで、冬吉が、うんうんと頷きながら、銚子を傾けている。

「でね、そろそろしまいにしようかと、立ち上がったとき、どこからか、女の笑い声が聞こえてきた……」

「周りに女はいなかったのか」

　浪人が、念を押す。

　その顔は、さきほどまでの、眉唾《まゆつば》という顔から興味津々《しんしん》といった目つきに変化していた。

　若い男は、頷きながら、

「女はひとりもいねぇ、だいたい、女が歩くような頃合いじゃねぇ」

「なるほど。で、それから？」

「兄ぃは、酔っぱらっているから、空耳《そらみみ》かと思ったらしい」

「ありそうなことだな」

「だけど、おいらは、はっきりこの耳で聞いたんだ」

「どんな笑い声だ。若い女か、年寄りか」

「……若い女だよ。おそらくは十代だろうなぁ」

「知っている声ではなかったのだな」

「あんな、ばか笑いの声をする女の知り合いなどいねぇよ」

　与助が喋っている間、冬吉は船を漕ぎ始める。

浪人は、首を傾げながら、そんなことがあるかなぁ、と呟いた。

「だから、本当だって」

「笑い声は一度だけかな？」

「いや、何度も聞こえた。笑ったり、休んだり、また、笑って、また休んで、と何回も繰り返していた」

「ううむ」

唸った浪人は、少しうれしそうな顔になると、

「どうだ、その場所に連れて行ってくれぬか」

「はぁ？　お侍さんも、相当な野次馬ですねぇ」

「そのとおり。私は野次馬なのだ」

にやにやしたまま、さぁ行こうと、体をゆらゆらさせている冬吉の腋に手を入れて持ち上げた。

「うい……」

酔っぱらった冬吉の体は重いはずだが、いとも簡単に立ち上がらせる。

若い男は、行きたくなさそうな顔をするが、

「真《まこと》のことを知りたくはないのか？」

という浪人の言葉に、仕方ねぇ、といいながらゆっくり腰を上げた。

「笑い声が怖くて、こんな両国の広小路まで出張ってきたのか」

「まぁ、そんなところですよ」

あんな怖い思いはしたくねぇから、と若い男は答えた。

両国広小路から永代橋は、半刻もあれば十分だった。

暮れ六つから、五つになろうとする頃合いだから、人通りはまだ多い。

なかでも酔っ払いは、千鳥足で三人の行く手を阻むが、一番、通りの邪魔になっているのは、冬吉だろう。

あっちにふらふら、こっちにふらふら。

道端に座り込んでしまったり、横になって、

「もう、眠い」

と駄々をこねる。

そんな冬吉を連れ歩くことができるのは、浪人がいるからだ。

「あっしは、与助っていうんですが、旦那の名は？」

「山形健《やまがたけん》四郎《しろう》と申す」

「ははぁ……」

「なにが、ははぁだ」

「いえ、山形さまですか、と思っただけで」

「なにか不服か」

「不服なのは、冬吉兄ぃでさぁ」

山形という浪人に片腕を取られながら、突然、足を止めたと思ったら、

「気持ちが悪い」

といって、道端まで這いずって行ったのだ。

その姿を見て、与助はにきび面の眉をひそめている。

ようやく、戻ってきた冬吉は、口の周りを手ぬぐいで拭きながら、

「あぁ、すっきりした」

そういうと、いままでとは別人のように、すたすたと歩き始めた。

「なんだい、あれは」

健四郎が、呆れながら追いかける。

与助は、いつものことですから、と涼しい顔で、やはり後ろを追っていく。

やがて、永代橋の前に出た。

屋台がぶら下げている提灯の灯が、周囲をぽちぽちと照らしているが、見えるのは、せいぜい店周りだけだ。

なかには、秋だというのに、上半身裸で酒を飲んでいる猛者《もさ》もいる。

ちびちび飲んで、ぐだぐだと管《くだ》を巻く者もいる。

そんな声が、聞こえてくるような場所だったが、女はひとりもいない。昼なら水茶屋の女の声も流れてくるのだろうが、この刻限では水茶屋は閉まっている。

それまで勇んで歩いていた冬吉の動きが鈍った。

「どうした」

健四郎が問う。

なにか怪しい影でも見たのか、と聞きたそうな顔つきである。

冬吉はぶるんと体を震わせて、

「あのときの声を思い出したら、足が固まった」

「弱虫だな」

「それだけ恐ろしかったんだぜ」

肩を縮めて、冬吉は、なぁ、と同調を求め与助に目線を送る。

「確かに、おっかなかった」

頷きあっているふたりの大工に、健四郎は眉毛を蠢かせて、

「しかし、そのときとは刻限が違うな」

「じゃ、そのあたりで、飲み直しを」

冬吉の言葉に、与助は、もうやめましょう、と引きずって戻ろうとするが、健四郎が止めた。

「待て待て、ぜひ、その笑い声を聞いてみたい。それまでは、私が酒代を持つことにしよう」

「本当ですかい？」

一気に破顔した冬吉は、

「あっちにうめぇ、てんぷらを食わせてくれる屋台があるんだ」

健四郎の返事も聞かずに、足の向きを変えた。

二

木戸が閉まる刻限まで、ちびりちびりと三人は飲み続けた。

といっても、もっぱら山形健四郎が、自慢話をしていただけである。

自分は剣の達人で、いままで戦って一度も負けたことがない。

生まれたのは、上州《じょうしゅう》の小さな藩で、扶持米もまともにもらえなくて、剣術で身を立てようと江戸に出てきたという。

「じゃぁ、いまはどこぞの剣術の先生をやっているんですかい？」

与助が訊くと、

「いや、まぁ、そういう、まぁ、それだな」

歯切れの悪い返答に、冬吉と与助は苦笑する。

江戸に一旗揚げたいと思って出てきた浪人は、星の数ほどいるが、そのほとんどが挫折して、傘張り浪人になるのが、関の山である。

山形健四郎という目の前の浪人も、その伝《でん》から抜けていないのだろう。

「じゃ、住まいはどちらです？」

「ふむ。いまは須田町《すだちょう》で、上浦《かみうら》道場というところに、寄宿しておる」

「そこで、代稽古かなんかを？」

「うむ、そんなものだ」

おそらくは、ただの居候だろう、と冬吉と与助は睨む。

なぜなら、上浦道場というのは、ときどき食い詰め浪人を寄宿させて、修行と称して道場の下働きをさせることで知られていたからだ。

たいていの浪人は、すぐ逃げ出す。

よほど、待遇が悪いのだろう、という噂のある道場だったからだ。

そんな他愛のない会話をしていると、

「あれ？」

与助が、しっと唇に手を当てた。

顔をしかめて、耳を澄ませている。目がきょろきょろと動いて、

「いま、なにか聴こえませんでしたかい？」

その言葉に、健四郎と冬吉も同じように、体を固くして、耳を澄ます。

「おぅ……聴こえてきたぞ」

健四郎が先に気がついたらしい。冬吉の肩に手を当てて、

「あれだな……」

大きく息を吐いた。

確かに、橋の方角から女が笑っているような声が流れてきた。

「やっと聴くことができる」

健四郎は、嬉しそうだが、冬吉はぶるぶる震えている。与助も肩を自分で抱くよう

な仕種で、

「気持ち悪いなぁ」

もう、こんなところにはいたくない、とでもいいたそうに、健四郎の顔を見た。

健四郎は、屋台から通りに出て、橋に向かった。

常夜灯の明かりが、ほんのりと欄干を照らしている。こんな刻限だから、人っ子ひとり歩いてはいない。犬や猫の姿も見えない。

恐々《こわごわ》とした表情で、冬吉と与助が付いて行く。

声は、いったん止まったようだ。

冬吉と与助がくっついているのは、自分たちだけでは、恐ろしいという気持ちがあるからだった。

「旦那……」

冬吉が健四郎に声をかけた。

「どうした」

「そろそろ戻りましょうや」

「これからではないか。さきほど声が聞こえたということは、これから、もっと笑うのであろう？」

「しかし、橋が笑っているんですからねぇ」

「本当にそうか、それを確かめたいのだ」

「旦那も物好きですぜ」

口をへの字にしながら、冬吉は毒づいた。とんでもねぇ侍に話を教えたものだ、と思っている態度である。

「そんな顔をするな」

前を向いているのに、指摘されて冬吉は、首をすくめる。

と、そのときだった。

「けたけたけたけた」

とうとう、とんでもなく大きな笑い声が聞こえた。

ぎゃ！

冬吉はその場にしゃがみ込んでしまった。与助は、橋とは反対の方向に逃げだした。

「待て待て……」

「橋が笑ってる！」

冬吉が、叫びながら、耳を塞いでいる。

「しかし……」

健四郎も、体を固くしながら直立して、

「これは、本当に橋が笑っているとしか思えん……」

そう呟いていた……。

「……とまぁ、こんな具合なんですがね」

「ほう……」

話し終わった弥市に、千太郎は目を向けて、

「それがどうしたのだ」

やはりまったく、興味はないらしい。

床の間の柱に背をもたせかけたまま、片足を組んでいる。いつもよりだらしない。

その姿勢からして、変だ。

弥市は、そのいつもと変わった風情《ふぜい》に首を傾げて、

「はて……旦那、なにかありましたかえ？」

「あん？」

「普段はそんなだらしのねぇ格好などしませんからね。腰が痛ぇとか、足が痛ぇとか、
そんな様子ですが……」

「ばかなことをいうな。武士が縁側から落ちることなどあるものか」

「へ？」

「む……」

「ははぁ、縁側から落ちたと？」

弥市の目が由布姫に向けられた。

「おや、ばれてしまったようですねぇ」

ふふふ、と口元を手で押さえながら、由布姫が応じた。

ばれたというよりは、自分でばらしたのだから、千太郎としても文句はいえないだろう。

「やはり、そうですかい。おかしいと思いましたよ」

「…………」

千太郎は、答えないが、その顔は由布姫に向けられ、余計なことをいうな、と不平を現している。

「まぁ、猿も木から落ちるといいますからねぇ」

由布姫が笑いながらいうと、

「ははぁ。旦那は猿でしたか」

弥市が、茶々を入れる。

「ばかなことをいうな」

「しかし、縁側から落ちるとは、本当にそんな旦那は見たことがねぇですよ。なにかあったんですかい？」

ほほほ、と由布姫が笑いながら、話そうとする。

千太郎が不服をいうかと思ったが、諦めたらしい。手を後ろに回して、腰から尻のあたりを撫で回している。

「なんだか、珍しいとんぼが飛んできたらしいんです」

「はぁ」

「そのとんぼを摑まえようと、そっと忍び寄っていったのはいいんですけどねぇ」

「追いかけ過ぎて、落ちたと？」

薄笑いをしながら、弥市が訊いた。

「はい、ふふふ」

「ははぁ、旦那らしくありませんが、まぁ、そんなどじなところがあると聞いて、少し安心しました」

「どういうことだ、それは」

「だって、旦那は完璧だと思っていましたからねぇ」

「そんな人間がいるものか」

「旦那はいってみたら、毘沙門天《びしゃもん》か、孫悟空《そんごくう》の生まれ変わりではねぇかと思っていましたよ」

「孫悟空！　やはり猿か私は」

「へっへへへ孫悟空も木から落ちたというわけです」

なにかいおうとして、痛……という顔をする千太郎に、弥市は追い討ちをかける。

「それじゃぁ、こんな永代橋が笑うなんてぇ噂を相手にする暇はねぇのも、頷けます。じゃ、あっしはこれで、腰が痛えお人に用はありません」

「はい？」

立ち上がろうとした弥市に千太郎が、待て待て、と手で止めた。

「連れて行け」

「骨接ぎですかい」

「馬鹿者。永代橋だ」

「それこそ、そんな格好をして行ったら、永代橋に笑われますぜ」

「黙れ……いてててて」

「無理は禁物ですよ」

由布姫が、そばに寄って腰を撫でさすると、気持ちよさそうな顔になったが、

「いや、笑う永代橋というなら、一度くらい見ておきたい」

「でも、まだ笑う刻限ではありませんよ」

「屋台に行ったら、その浪人たちにも会えるやもしれぬ」

「本気ですか？」

「本気、本気、本の気だ」

「そんなに痛がっていても、口だけは達者ですねぇ」

眉をひそめながら、そうだと千太郎は答える。由布姫は、まぁしょうがないという顔をして、

「あ、親分さん……」

「連れて行けっていうんですね」

「一度いいだしたら、ききませんから」

「途中で、痛くなっても知りませんぜ」

本気で心配顔をする弥市に、千太郎は、駕籠を呼んでくれ、と頼んだ。だけど、そのほうが、かえって痛くなる、とふたりに止められてしまう。

「そうか……確かに同じ姿勢を続けたら、かえっておかしくなるかもしれんな。ならば、ふたりで担いで行け」

「それは、お断りですぜ」

瞬時に答えた弥市であった。

三

永代橋筋に出ている屋台のてんぷら屋の主人、洋平《ようへい》が殺されるという事件が起きた。

弥市は、それを永代橋に千太郎を連れて行く途中の自身番で知らされた。

由布姫が千太郎を抱えながら進んでいるので、怪しい掏摸などがいないかどうか、見張りながら歩いていたとき、両国界隈で、町役《ちょうやく》に声をかけられたのだ。

それによると、事件が起きたのは、今日の早朝ではないか、という。

前日の夜は、山形健四郎たちが、立ち寄っているし、ほかの客たちも洋平が仕事をしている姿を見ている。

屋台を閉まってから、その後になって、洋平になにかが起きたのだろう、というのが一般的な考え方かな、とその町役は首を傾げた。

死体を検視に来たのは、南町の見回り同心、片村丈二郎《かたむらじようじろう》だという。片村のことは、弥市はよく知っている。

千太郎がまともに歩くのも大変なので、三人は上野から大川に出ると、大川橋から舟に乗ることにした。

舟は大川を下り、両国橋を抜けて、永代橋に着く。

洋平殺しの事件を調べているのだろう、町方が弥次馬を整理しているところに、三人は着いた。

片村が、検視や現場を指揮している。

弥市の顔を見ると、そばに寄ってきて、皮肉な目を向けた。近ごろ評判になっている弥市をどこか煙ったそうにしながら、

「おう、山之宿の親分かい」

「どうも、いつもお世話になりまして」

「ふん。俺は、なにも世話などしてねぇよ。で、いやにはやく出張《でば》ってきたじゃねぇかい」

「たまたまでして」

「ほう、たまたまこんな縄張りちげぇのとこに、用事があったと？」

弥市は、笑う永代橋の話をしようかどうか、迷っていると、

「どうせ、噂を調べに来たんだろう？」

「ご存知ですかい」

「一応、見回り同心だからな」

だんだん、片村を相手にするのが面倒になってきたが、そのまま踵《きびす》を返すわけにはいかない。じつは、弥市は、十手こそもらっているが、いま手札を出してくれた同心は、病でほとんど仕事はしていない。

「そういえば、どうしたっけなぁ。あの役立たずの臨時雇いは」

「そんな言い方はありませんや」

いくらなんでもそれは言い過ぎだ、と弥市は憤《いきどお》った。

不服の目で片村を見つめると、

「ふん、せいぜいおめぇが活躍して、名前が消えねぇようにするんだな」

嫌味を我慢して弥市は、どんな殺され方をしていたのか、問う。

「首を絞《し》められたらしい」

その痕が首に残っていたから間違いはない、と片村は胸を張った。

「そうですかい」

「近辺の地面が荒れていたからな。おそらくは、喧嘩でもしたんだろう」

「へぇ。さすがです」

お世辞ではなく、本気でそう思った。片村は口は悪いが、探索の目はそれほど悪くはないのだ。

「近所に、匕首《あいくち》なども落ちていなかったからな。おそらくは衝動的に、首を絞めてしまったというやつだな」

「なにか、目星はありますかい？」

「おいおい。いま調べ始めたところだぜ」

「へぇ、これは失礼を」

「まぁ、おめぇが来たなら、縄張りなんざ気にしねぇから、ゆっくり調べてくれてもいいぜ」

「でも……」

「ふん。手柄かい。そんなものは気にするな」

調べてもいいが、邪魔はするなと念を押して、片村は弥市からようやく離れていった。

それを見ていた由布姫は口をきりっと結びながら、

「なんです、あの態度は。ひど過ぎますねぇ」

「まぁ、慣れっこなんで」

「あんな言われ方に慣れてはいけません！」

「うへ。まさか雪さんが、そんなことをいってくれるとは思っていませんでした」

「私は、理不尽なことは嫌いなのです」

「それは、重々、知ってます」

なにしろ、いきなり女同心だ、などといって事件の渦中に飛び込んでいくような人だ。弥市は、雪がひょっとしたら、密偵ではないかとさえ疑いを持っているくらいだ。

内心、そんな思いでいると、

「なんです、その顔は」

「いえ、なんでもありません」

隠れ同心なのではないか、と本気で考えたことがばれてしまったか、と思ったが、そうではなかったらしい。

「それより、病気の同心とは誰なのです」

「へぇ、あまり名前は出すなといわれているんですが。波村平四郎《なみむらへいしろう》さんというかたです」

「波村？」

「ご存知ですかい？」

「いえ、知りません。波村平四郎さんですね」

由布姫が何度か頷くと、それまで腰が痛いのだろう、じっとしていた千太郎が、そうか、波平《なみへい》さんか、と頷いた。

「旦那……名前を縮めるのは、どうも」

「わははは。まぁよいではないか。親分に手札を与えていたのが、波平さんだということがわかったのは、収穫だったぞ」

「……なんの収穫です？」

「まぁ、気にするな」

そういって、千太郎は由布姫に目線を送る。

目で会話をしているから、弥市にはなんのことか想像もつかない。ときどき、このふたりは、こうやって目でやりとりをする。

「まぁ、そんなことより、どうです。このあたりを聞き込みでもしてみましょうか」

「笑い橋の件か、殺しの件か」

「両方でさぁ」

弥市は、周囲に目を配りながら、

「橋が笑う件に関しても、周辺の連中はなにか知っているんじゃねぇかと思うんですがね。それに、てんぷら屋が殺されたというのも、この笑い声となにか関わりがあるような気がするんですが、どうです？」

「はてなぁ。それはまだ、さっぱりわからん」

「さいですか」

それもそうだろう。まだ、噂の真相もてんぷら屋がどんな素性の者かも、まったく仕入れていないのだ。

千太郎の顔が先ほどから歪んでいるのは、腰の辛さからだろう。

弥市が、痛みを抱えたままでは事件の探索など無理だ、と千太郎に告げると、今度はあっさりと頷いた。ここまで来れたのはいいが、やはりこれ以上動き回るのは無理だと自分でも判断したらしい。

「私は、舟でまた片岡屋に戻る。あとはよしなに」

そういうと、さっさと船着き場に向かって行ってしまった。

弥市は、残った雪こと由布姫と一緒に永代橋近辺の聞き込みをすることにした。弥市が、由布姫とふたりで行動するのは、どこか面映《おもは》ゆい。そのためにそわそわしている。

「どうしたんです」

由布姫が怪訝な目を向けた。

「いえ……はぁ、まぁねぇ」

「なんです、それは、なにかの符牒《ふちょう》ですか？」

「違いますよ。照れているんです」

「はて……私が嫌いですか？」

「まさか、その反対だから照れてるんです」

「まぁ。嘘でも嬉しいわねぇ」

「本当ですよ」

弥市は、雪の本当の正体はただの町娘とは思ってはいないが、由布姫だとは知る由もない。ただ、全身から醸し出される、そこはかとない気品やら、高貴な香りは、ただものではないとは感じているのだ。

それだけに、ふたりきりになると、臆してしまう。

「そんな顔をしなくてもよいではありませんか」

「へぇ、生まれつきでして」

「そうではありません」

「面でもかぶりますか」

「……親分さんは、楽しい人ですねぇ」

「取り柄がほかにねぇもんで。へぇ」

そんな他愛ない会話をしながら、弥市はまずは、洋平がいた屋台を探しましょう、と歩きだした。

洋平の屋台は、ここにはない。住まいに置いているのか、あるいは、決まった置き場所があるのか。それを聞き出すには、並んで出している屋台仲間に尋ねたらいい。

調べが終わったのか、片山は小者たちを連れて、引き返していった。

邪魔はいなくなった、と弥市は富岡八幡《とみがおかはちまん》、一の鳥居のあたりに出ている屋台の前に立った。

そば屋である。大きな行灯《あんどん》に、八ツ屋と書かれてある。八ツには必ずここに出ている、というのだろうか。

屋台の主人は、まだ三十前と思える男だった。そばに、小さな女の子がいて、屋台の前に打ち水したり、縁台を整理したりと、かいがいしく働いている。

弥市は、邪魔するぜ、といって主人に声をかけた。

弥市が主人と話をしている間、由布姫は女の子に声をかけた。

この店の子どもにしては、大きいと思ったら、どうも違うらしい。近所にある長屋の子どもが手伝いに来ている、というのだった。それも、小遣いが欲しいからではない。客たちから可愛がられていると自ら自慢して、

「小さな看板娘よ」

おろくっていうの、と教えてくれた。自分で名前をいうときは、おをつけなくてもいいのよ、と由布姫はやさしく頭を撫でながら、

「となりの屋台の人のこと知っている？」

と訊いた。おろくは、うんと頷き、

「殺されたんでしょう？　洋平さん……」

「親しかったの？」

「いつも余ったてんぷらをくれたりして、優しかったよ」

「そう……、なにか、近ごろ変わったことはなかった？」

子どもには少し、難しい問いかと思ったが、念のためと思って訊くと、

「私より、お藤《ふじ》さんが詳しいよ」

「お藤さんとは？」

「長屋のとなりに住んでいる人。洋平さんとは仲が良かったから。それに、よくこの屋台にも来て、そばを食べていたわ。てんぷらは食べ飽きたからとかいって」

おろくは笑いながら答えてくれた。

「それにね」

さも、秘密めいた顔をすると、

「洋平さんが、ひょっとしたら表店《おもてだな》を出すことができるかもしれない、と宮次《みやじ》のおじちゃんに自慢していたのよ」

宮次のおじちゃんとは、ここの主人の名前らしい。

「それはいいことを教えてくれたわ」

「洋平さん、誰に殺されたの？」

「それを調べたいと思ってね」

「おねぇさんは、町方なの？」

「いいえ、ご用聞きの親分さんは、あのかた。山之宿の弥市親分さんよ。私はその手伝い」

ふうん、とおろくは弥市に目線を送る。

弥市は、主人になにやら真剣な顔で、質問を続けている。

宮次が屋台を始めたのは、いまから三年前。洋平はそれから一年後に、となりに止めるようになった。

ふたりは、仲が良かったという。客筋が異なっていたからだろう、と弥市は推量する。

洋平の素性については、あまり知らないという。身の上話をするほどの間柄ではなかったと宮次は答えている。

さらに、

「洋平さんには、お藤さんといういい仲の人がいました」

との答弁だった。

色が白く、なかなかいい女だと宮次はいう。

ふたりは、おそらくは夫婦になる約束でもしていたのではないか、と宮次は踏んでいたらしい。それだけの雰囲気がふたりの間には、流れていたという。

弥市と由布姫はお藤を訪ねることにした。

四

宮次から教えてもらったお藤の長屋は、富岡八幡から三十三間堂のほうに向かって、右に入った場所にあった。

木戸を通って溝板《どぶいた》を踏みながら、奥に進んでいくと、色白の女が戸を開けているところだった。色白からお藤だ、とすぐ気がついた。

木綿の小袖だが秋らしき萩の小紋が裾を散らしている。履いている駒下駄がころんころんと音を立てて、小気味がいい。なるほど、人に好かれそうな女だ、と弥市は心のなかで呟きながら、

「お藤さんだね」

声をかけると、かすかに眉を寄せて、

「はい……親分さんでしょうか?」

「なに、ちょっと洋平のことで訊きてぇことがあってな」

「あ……私がいただきに上がりますから」

「はん？」

「あのぉ……」

弥市の態度に、お藤はかすかに首を傾げた。お互い、意味が通じていないのだ。

「ご遺体をいただきにあがろうかと思っていたのですが」

「あぁ、そうだったのかい。夫婦にはまだなっていねぇはずだが？」

「はい。洋平さんにはご親戚や親類縁者がいない、ということで、僭越《せんえつ》かと思いますが、私が……」

気丈な者だ、と弥市は感嘆しながら、

「そうかい、自身番に行くんだな」

「はい」

「じゃ、そこまで一緒に行くから、ちっとばっかり教えてもらいてぇ」

親分の顔になった弥市にも、臆せずお藤は応対する。

「なんなりと」

そういって、お藤は由布姫に視線を送り、かすかに頭を下げた。町方の者には見えず、さりとてそのあたりにいる町娘にも見えない由布姫に、お藤はどう応対したらいいのか、とまどっているようだった。

「あぁ、あのかたは、あっしの手伝いでね。気にするような者じゃねぇ」

お藤からは見えないところで、弥市は由布姫に向けて、手を合わせた。

「はい。女だてらに山之宿の親分のお手伝いをさせていただいています。雪と申します。よろしくね」

弥市の言葉に合わせて、由布姫は腰を曲げる。

「あ……はい。こちらこそ」

正体不明の由布姫に、お藤はとにかくていねいに頭を下げた。

洋平の弔いは、懇意にしてもらっている寺でやってもらうつもりだ、と答えた。

弥市が念のため、と寺の名前を訊いたら、永代寺のそばにある、論野寺《りんのじ》だと答えた。

このあたりは縄張りから離れているので、あまり聞いたことのない寺だった。

住職と懇意なので、とお藤は悪びれずに答えた。別に不審なところは感じ取れない。

「ところで、洋平のことなんだが。どこの生まれでどこで育ったのか、知ってるかい?」

「それが、まったく聞いたことがないのです。あまり自分の過去については訊かれたくないようだったので」

「なるほど。で、おめぇさんたちの間柄は、将来を約束していたと考えてもいいんだな？」

　その問いに、お藤は頬を染めながら、はい、と小さく頷いた。

「お藤さん。洋平さんに近頃、変わったようなところがありませんでしたか？」

　由布姫が、訊いた。

「別に……早く祝言を挙げたいから、仕事に精を出したい、ということはいってましたが……あぁ、そういえば、そのうち、大金が手に入るかもしれない。もし、そうなったら、表店を小さくてもいいから出して、一緒に働こうといってましたねぇ」

「大金が入るといったのですか？」

「いつも、夢のようなことをいう人でしたから、またか、とあまり気に留めていなかったんですが」

「それは、いつのことだい」

　弥市が問う。大事なことだという目つきである。

「そうですねぇ、つい五日ほど前だったでしょうか」

「その日は、なにか特別なことがあったとか？」

「いいえ、取り立てていつもと変わりませんでしたが……」

「そうかい」

「あまり役に立たなくて、申し訳ありません」

お藤の態度は、清々《すがすが》しい。事件に関わりがあると、こうはならない。弥市は、いままでの経験から、お藤はなにも知らない、と結論づけた。

「ううむ」

腰をさすりながら千太郎は、片岡屋の離れで唸っていた。

だが、今度は腰痛のためだけではない。不思議なことが起きていると思ったからだった。

書画や掛け軸などが同じ人物から、大量に売られているからである。

金銭に困って、質屋と同じような感覚で、集めていた書画などを売りに出す者は、けっこういるが、一度に数点もさばいてしまうという話はあまり聞かない。

仕入れたのは治右衛門なので、これはどういうことか、と尋ねてみたが、

「金が欲しかったのだろう」

とあっさり答えただけである。

そんなことは予測の範囲内である。それ以外の裏話などは訊いていないのか、問うと、

「そんな詮索をするような真似はしません」

　無下に退けられた。

「それは失礼いたしました」

　まるで、自分に対するあてつけか、と思ったが、そんなくだらないことをするような治右衛門ではない。

　その台詞は、心から出た言葉に違いない。

　だが、そのときどんな様子であったかは気がついているはずだ、と千太郎は、訊き方を替えてみる。

「慌てたような様子はなかったかな」

「そわそわしていたのは確かだったかもしれませんね」

「では、いやいやということは？」

「売るときはみんないやいやです」

「ふむ……」

　さもあらん、と千太郎は頷いた。

　なかには、涙を流す気持ちで、大事な家宝などまで手放す客もいる。

　そういう客は、泣く泣く持ち込んでくる。

売ってできた金子《きんす》をしっかり握りしめながら、涙まじりに帰っていく客もいる。その反対に、出物を探しにくる客は、思わぬお宝を手にして、喜んで帰っていく者もいる。

それらは、千差万別である。

客の一喜一憂にかかずらっていたのでは、商売はできない。治右衛門の言葉はごもっともなのであった。

千太郎は、治右衛門から聞いた、まとめて書画を売り払った柿田屋清右衛門《かきたやせいえもん》という男について、知りたいと考えた。

だが、腰が痛くて自分では思うように歩くことができない。

これでは、探索はままならない。

由布姫は、弥市と一緒に歩き回っている。永代橋の笑い声の出所を探っているのだ。ふたりとも、まさか本気で橋が笑ったとは考えていない。なにか隠されたからくりがあるはずだ、と必死なのである。

さらに、てんぷら屋の洋平なる者が殺された事件に、笑い声が関わっているのではないか、とふたりとも目の色を変えている。

いまや、千太郎は蚊帳《かや》の外だった。

由布姫と弥市は、思いの外《ほか》、馬が合っているのだろうと、苦笑する。

ふたりに頼むことができず、徳之助を呼ぶことにした。

片岡屋の若い者を使いに頼んだ。

山下の矢場女のところにいるはずだ。片岡屋からも近い。

使いを向けると、徳之助はすぐ飛んできた。

例によって、女ものを羽織っているから、店前に立つと目立つのだが、千太郎は、気にする弥市とは異なり、

「ほう……それはまた、いい身なりではないか」

大笑いしながら、楽しんでいる。

「そういってくれるのは、千太郎の旦那だけでさぁ」

とんと、拍子を取るような仕種で店のなかに徳之助は入ってきた。

「そうかもしれぬな」

へへへ、と照れ笑いをしながら、徳之助はなにがあったんです、と訊いた。千太郎が腰を痛めて、歩けないと知っているらしい。

仕方なく、とんぼを追いかけて、縁側から落ちたという話をすると、けたけたと笑って、

「とんぼとはこれまた、どういうことですかねぇ。目が回って落ちるのが人間だったとは」

徳之助が笑い続けているのを、千太郎は苦々しく見ながらも、

「まぁ、それはともかく、ちと調べを頼みたい」

「そのつもりで伺いました」

「それなら話は早い」

千太郎は柿田屋清右衛門の話をする。

「あぁ、柿田屋といったら、柳橋にある金物屋ですね」

「知ってるとは都合がいい」

「いや、名前だけです」

「ははぁ」

「なんです？」

「その顔をみると、どうやら、女絡みで知っているようだな」

「ご明察」

千太郎は苦笑するが、ふむふむと頷き、満足そうに懐手《ふところで》になったり、腰をさすったりしながら、

「私は歩くのが辛い。だから、代わりにいろいろ調べてほしい」

「それは、もちろんですが、どんなところから調べましょう」

「なに、噂はすべてだ。どんなことでもかまわん。店の内情から、主人に女がいるかどうか、内儀に間男《まおとこ》がいたことはないか、娘はどんな性格か男はいないか……」

「……なにやら、男には女がいて、女には男が必ずいるような言い方ですねぇ」

「わはは。そう聞こえたか」

「聞こえました」

「ならば、そうなのであろうなぁ」

屈託なく千太郎は口を開けて笑う。

「世の中、事件の陰には女ありだ。その伝《でん》でいけば、女の陰には男ありであろう？　女をよく知る徳之助からはどう見える」

「まぁ、あっしがいろんな女を見てきた限りでは、みな、男から騙されたり、騙したりしていますからねぇ」

「やはりそうか」

「やはり、そうです」

ふたりは、また目を交わし合って、笑っている。

離れだが、庭が目の前にあるから、外にその声が漏れていたのだろう、犬が大きく何度も吠えていた。

五

柳橋は、雨に煙っていた。

山下から、歩いて半刻以上離れていると、天候にも変化があるらしい。

雨宿りをする棒手振《ぼてふ》りや、走り去っていく者、近所の水茶屋に飛び込む者など、散り散りに人が駆けていく。

そのなかを、悠々と歩くのは、徳之助ひとりである。

さすがに、女ものは着替えている。

あまりおかしな格好では、聞き込みに支障をきたすからだ。

その程度の頭は自分でも持っていると思っている。さらに、他人がいいにくそうな話を訊き出すだけの才もあると自負している。

だが、周りから見ると、雨のなかを濡れながら、悠々と歩く姿は、どうにも変人に見えてしまいそうだが、自分ではそこまで気がつかない。

たとえ、そのように見られても、それは後で、自分の助けになる、と決めつけているところもあった。

徳之助が持つ一番の強みは、女が助けてくれることだ。

これは、自分でもどうしてなのか分析することはできない。生まれつきくっついた才だと己に言い聞かせている。

たまに、失敗するのは、人後に落ちないおっちょこちょいなので、たまに、金銭を騙されてしまうことだ。それでも、

「女に騙されるなら本望だ」

と一向に気にしない。

いまも――。

「どうぞ。濡れますよ」

蛇《じゃ》の目《め》傘をすぅっと徳之助の前に差し出した女がいた。

「濡れたままでは、風邪を引きます」

「……これはありがたい」

傘には、たいてい店の名前などが入っている。見るとなんと柿田屋という文字が飛び込んできたのだ。これは、雨さまさまだ、と思いながら、

「いやいや、天の助け」

「あら……雨なのにですか？」

「雨が降らねば、こんないいおなごに会うこともなかった」

「お上手な」

この受け答えを見ると、素人ではなさそうだった。

もっとも、白粉《おしろい》の香りが普通の町娘よりはきついことからも、それは予測内だが、柿田屋の傘を持っているということから、店とはなんらかの繋がりがあると思ってもいいだろう。

「柿田屋さんとはどんな？」

徳之助は傘の文字を差しながら訊いた。

「……あぁ、この傘ですね。別に特別な関係などありませんよ」

「あ、いや、そういう意味ではなくて」

柳橋という場所柄、芸者ではないかと思える。そこから、旦那持ちかと訊かれたと思ったのだろう。徳之助は、普段は弥市や千太郎には見せることのない、にっと笑みを浮かべ愛嬌のある顔を作って、

「柿田屋さんとなにやら懇意にしているのだろう、と思ったから訊いたまでで、他意

はありませんよ」

言葉遣いまで優しい。

徳之助が先に名乗ると、女は、琴春《ことはる》ですと答えた。

柳橋の芸者は、黒羽織を着ていることで知られるが、いまは、まだ仕事に行く前だから、言い訳のように顔を伏せた。その仕種がなかなか可愛いなどといって、徳之助はまた点数を稼ぐ。

「あまりこの界隈では見ない顔ですねぇ」

「ほう。このあたりの男の顔はすべて覚えているのかい？」

「女から見ると、江戸府内でも遊んでいるその土地によって殿方の顔つきが異なるんですよ」

「ほう」

徳之助にもその言葉は腑に落ちる。

確かに、上野広小路にいる女と、深川で鳴らしている女の顔つきには、なんとなく違いがあるのだ。

土地が醸し出す空気によって、顔つきにも変化が生まれるのかもしれない。

「わからないでもないな」

「あら、ということは、徳之助さんも相当、遊び慣れているということになりますね」

「そうでもない」

「いえいえ、顔や喋り方を見たらわかります」

「これは、恐ろしい」

「ふふふ。ところで、この柳橋には、なにが目的で？」

「遊びだ……といっても、その目つきは信じなさそうだな」

「ひょっとして、町方のかたですか？」

「いや、それは違う」

冷や汗をかきながら、徳之助は否定した。

ここで、下っ引きのような仕事をしていることがばれたら、相手の気持ちを引かせてしまう。なんとか、繋ぎながら柿田屋について訊き出さなければいけない。

「ところで……」

「あぁ、柿田屋さんについて訊きたいんですね」

「…………」

「ご心配はいりませんよ。たとえ徳之助さんが密偵だとしても」

「そんなんじゃありませんて」

「はい。いいのです。柿田屋さんのなにを知りたいのです？」

切り返されても、では、というわけにはいかなかった。琴春と柿田屋の仲がどのようなものか、それを知らねばうかつなことを訊けない。

だが、その心配を琴春は吹き飛ばしてくれた。

「まだ、私を信じていませんね」

「それは違う」

「よろしいのですよ。じつはね……」

顔がかすかに曇った。

睫毛が震え、瞼の動きが激しくなった。

なにか重大な話をする前の顔つきだ、と徳之助は気がつく。女の態度を読むのは、人一倍自信がある。

「なにか、気になることでも？」

「それは……」

なかなか、琴春も話し出そうとしなかったのだが、徳之助が余計なことはいわずに、じっと言葉を待っている姿に、心が開かれたらしい。

「さっきは、ちょっと嘘をいいました」

「はて？」

「柿田屋さんとのことです」

「あぁ……」

なんの関わりもないと答えたことを差しているのだろう。まばたきが少し、大人しくなる。気が落ち着いた証拠だ。

「確かに、柿田屋の清右衛門さまとは、旦那と妾の関係にありました」

「ありました、ということはいまは解消されていると？」

「はい。今年の春くらいから、柿田屋さんの身上《しんしょう》にちょっと都合の悪いことが起きたんです」

「ははぁ、それで、旦那との関係が壊れた？」

「はい……」

琴春は、悲しそうな目をする。だが、すぐ明るい表情になって、

「最初の間は、悲しい気持ちにもなりましたが、いまは、元に戻っています」

そういうと、また少しだけ、曇った。

「まだ、なにか？」

「いえ、私のことではなくて……お嬢さんの件なのです」

「というと？」

「はい」

　頷きながら、琴春は次のような話をしてくれた。

「お嬢さんの、喜恵《きえ》さんがご乱行《らんぎょう》をするようになったのです」

「乱行とは、聞き捨てならん話だが……」

　徳之助が眉を動かす。

「はい。旦那さまもずっと悩んでいたようです」

「そんなに長く続いていると？」

「お店の内実が芳《かんば》しくなくなって、それと同時のようです」

「なにか裏にあったのかな？」

「私も、はっきりとは教えてもらっていないのですが……」

　琴春は、一度断ってから、

「内情が悪くなったときに、いい縁談話が舞い込んだのです。近所の太物屋《ふとものや》で、相模《さがみ》屋《や》さんといいますが、そこの若旦那の、君次郎《きみじろう》さんというおかたでした」

「その君次郎という男の評判は？」

「悪くはありません。次男坊ですが、いまは神奈川のほうへ修行に出ていて、いずれは、長男はのれんわけをして独立する予定で、その後を任されるのではないか、といわれているほどのかたです」

「それなら、良い縁談でしょう」

「でも、それが喜恵さんには、あまり良くはなかったようなのです。ひょっとしたら、陰で付き合っていたかたがいたのかもしれません。その縁談が出た翌日から、夜な夜な町を徘徊《はいかい》するようになったといいます」

「縁談がよほど嫌だったんだろうなぁ」

「おそらく……」

女同士で、喜恵の気持ちがわかるのか、さらに、柿田屋の清右衛門と別れなければいけなくなったという気持ちもあるだろう、琴春の目は喜恵に同情的だった。

「いや、いい話が聞けた。助かった」

徳之助は、うれしそうに琴春を見た。

その顔は、やはりにこにこと、まるで既知の間柄だという目つきをする。

しばらく琴春はそんな徳之助の態度をじっと見ていたが、

「やはり、徳之助さんは密偵ね」

「ですから、違いますよ。じつは、喜恵さんに惚れたという人がいましてね。どんな様子か見てきてくれないか、と頼まれたんです」

「へぇ」

あまり信じていないような顔つきの琴春だが、それ以上の台詞は吐かなかった。

「まぁいいわ」

そういうと、傘を少し横にずらす。

「そろそろ、雨も上がったようですね」

徳之助も、空を見上げる。

確かに、さっきまで降っていた雨は上がって黒っぽい雲に覆われていた空は明るくなっている。雨が上がったからだろうか、とんびが輪を描いていた。

「じゃ、世話になりました」

徳之助は、琴春に礼をいって柳橋から離れながら、心のうちで囁いていた。

「これは、早めに千太郎の旦那に注進したほうがよさそうだ……」

うとしていた。

六

徳之助が、千太郎に報告を終わった頃、同じように由布姫と弥市も千太郎を訪ねようとしていた。

洋平殺しの一件になかなか目星がつかずに、いらいらしているのだ。洋平が付き合っていた屋台仲間や、てんぷらの仕入れ先、客などの聞き込みを続けたのだが、ほとんど目新しい収穫はない。

「こんなとき、千太郎さんならどう考えるのでしょう」

由布姫のひと言が、弥市の決断を早めた。

すぐ、千太郎のところに行くことにしたのだ。由布姫の、あの人は腰が痛いからといって、事件に対する気持ちを忘れるような人ではない、という言葉も追い風になっただろう。

「どうした、そんなおかしな目つきで……」

訪ねたとき、千太郎は、なにやら書画を目利きしているところだった。

「腰はどうなんです？」

弥市が問うと、

「いいともいえないし、悪いともいえない」

「つまりは、回復しているということですね」

「そうとはいうておらぬ」

「旦那と話をしていると、ややこしくなるので……」

「ふむ。では、洋平の下手人はわかったのか？　そうか、どうしたらいいのかわからなくなって、腰が痛くて泣いている私を訪ねてきたということだな」

「泣いている？」

「悲しんでいる、といってもよい」

「早い話、いろいろ聞き込みをしましたが、まったく進展はありませんでした」

「そうか」

「なにか、いい策でもありませんかねぇ」

「楽をしていては、手がかりなど見つからん」

「けっこうあちこち歩き回りました」

千太郎の言葉に不服な顔をする弥市に、

「無駄骨という言葉を知っているか」

「ち……」

弥市は膨れっ面をして、由布姫に助けを求める。

由布姫は、にやにやしながら、

「からかわれているのを、親分はわかりませんか」

「……わからねぇ」

「おやおや、弥市親分は、本気で怒りましたよ」

由布姫の言葉に、千太郎は答えずに、腰を撫でさすりながら、

「じつは、面白いことがわかった」

ふたりの顔を見つめてから、柿田屋の話をした。徳之助が柳橋で聞いた内容を教えたのだ。

「その喜恵さんという娘さんが、永代橋の笑い声に関わりがあるというんですか?」

由布姫は、目を瞠《みは》りながら訊いた。

「おそらく、そうであろうな」

「それは、どんな謎解きです?」

「まだ、全容は摑めてはいない。だから、親分に頼みたいことがある」

だが、弥市は膨れっ面をしたまま、ふんと鼻を鳴らしただけだ。そんな態度にも、

千太郎は、かまわず続ける。

「喜恵さんが夜中に家を抜け出していた刻限と、洋平が店じまいをして長屋に戻る刻限を調べてほしい」

「それが一致したら……」

答えたのは由布姫のほうだ。

「おそらくは、洋平は喜恵さんが夜中に笑っている姿を見たのではないか。柿田屋としては、そんな娘の姿を見られたことは、縁談に関わる。だから、喜恵さんの行動を隠そうとしたはずだ」

「ははぁ……」

ようやく弥市は、体を千太郎に向けた。膨れっ面は戻っている。

「となると、洋平殺しには、柿田屋が関わっていると？」

「柿田屋の主人に問い質したら、なにか見えてくるものがあるかもしれんな」

「そうとなったら、合点承知」

突然、弥市の顔に光が戻った。

膨れていた頰は締まって、山之宿の親分の姿に戻った。現金なものだ、という千太郎の言葉も聞こえていないらしい。

「じゃ、あっしはこれで失礼を」

すぐ柿田屋に行くと叫んで、畳を蹴立てて消えていった。

「つむじ風のような親分ですねぇ」

弥市が座っていた場所を指さしながら、由布姫が笑った。


片岡屋から、速足で弥市は柿田屋まですっ飛んでいく。

喜恵という娘が永代橋が笑う噂の出所だとしたら、まずはそれを確かめなければいけない。

だが、それと洋平殺しとどんな関わりがあるのか、それは闇のなかだ。

よく考えたら、永代橋が笑う原因よりも、殺しの下手人を上げるほうが重要ではないか、と自問するが、千太郎の言葉にはそこまでの示唆はなかった。

自分で考えろということなのか、それとも、千太郎も洋平殺しについては、推量がついていないのか。

それは、あの顔から判断をするのは、難しい。

「まぁ、いいか。とにかく柿田屋に行って見よう」

弥市は、柳原に向かって進んでいく。

弥市が消えた後、千太郎が腰を上げようとしたので、由布姫はびっくりしている。

「あら、腰は？」

「もう、気にするほどのことはなくなった」

「あら、さっき弥市親分には、まだまだといっていたのは、嘘でしたか」

「嘘ではない。まだ、少し痛みは残っている。だから、良くもあり悪くもあるというような言い方をしたまでだ」

「まったく、その人を食った言い方は、なんとかなりませんか」

「……無理だな」

その返答に、由布姫は苦笑するしかない。

「まぁ、よろしいでしょう。で、どこに行くんです？　駕籠を用意いたしますか。それともまた舟で？」

「舟で行こう」

自分でなんとかするつもりはないようだ。そんなことはいまに始まったことではない、という顔つき。由布姫は、はいはい、といって立ち上がった。

庭先から、通りに出たが、前回に比べるとずいぶん、千太郎の足取りはしっかりしていた。

「どこに行くんです?」

「洋平殺しの下手人を見つける」

「目星が付いていたのですか?」

「そんなことは、とっくにわかっていた。だが、腰がいたくて親分に告げる暇もなかったのだ」

「誰なんです? それは」

「わからぬかな」

「いいから、早く教えてください」

「まだ、逃げておらなければ良いが」

「逃げる算段をしていると?」

「ふむ。いや、まだだな。おそらくはまだ目的は果たしておらぬはずだ。だから、まだ、江戸にいる。いや、永代橋筋にいるはずだ」

「はて……それはどういう仕掛けです?」

「まぁ、黙って付いてくればわかる」

「どうして、親分にそれを教えなかったのです」

「まだ、確信があるわけでないからだ。それに、親分は洋平殺しは誰か、と私には訊いてこなかった」

「……まったく、嫌な捻くれ者」

「おや、雪さんは、こんな私に惚れているのではなかったかな」

「はい。そのとおりでございますよ」

否定するものと思っていたのだろうが、あっさりと認めた由布姫に、かえって千太郎は、わはははと照れ笑いをするのだった。


半刻後、千太郎は由布姫を伴って、永代橋筋に出ている屋台の前にいた。そば屋である。

宮次というそこの主人の前で、千太郎はそばを一杯くれ、と頼んでいたのだ。

由布姫にも勧めたが、いまはいりませんと千太郎がずるずる食べているのをじっと見ている。内心はいらいらしているのだ。どうしてこんなところで、暇を潰しているのか、という顔つきである。

そんな由布姫の思惑など、知っちゃいないとばかりに、千太郎はうまいうまい、といいながら箸を使っていた。

「ところで宮次さんというたな」

つと、箸を止めて声をかけた。

「へぇ……」

初めて入ってきた侍にとまどいの顔を見せて、宮次は頭を下げる。

常連とはまったく異なる雰囲気を醸し出す侍に、宮次はどう応対したらいいのか、困っているようだった。

「殺された洋平とは親しくしていたらしいが？」

「そうでもありません」

なにを訊かれるのか、戦々恐々としている様が感じられ、由布姫は宮次を見た。目が細くあまりいい男の部類ではないだろう。なにか千太郎の問いを迷惑がっているようだった。

「洋平がそのうち、大金が入るといっていたことは聞いていたかな？」

「さぁ……知りませんねぇ」

「ほう、そうであったか」

「ご用の筋ですかい？」

「いや、そうではない。私はただの目利きでな。悪事の目利きもやるのだ」

「はぁ」

「で、いま私の目は、お前が洋平を殺したと目利きをしているのだが、どうだ」

「……まさか、どうして私が洋平さんを殺さないといけないのです」

「そこまでの目利きはできておらぬ」

「お侍さまだからといって、おかしな物言いをつけられては困ります」

「ほう、そうかなぁ。では、こういう目利きをしたのだが聞いてもらおうか」

「お代はいりません、お帰りください」

そういって、宮次はどんぶりを片づけ始めようと、手を伸ばした。その瞬間、千太郎がその腕を摑んだ。

「おっと、残った汁を私にかけようとしても、無駄だ。そんなことで逃げることは叶わぬぞ」

「………」

宮次の顔は蒼白になっていた……。

「宮次！　洋平を殺したな！」

「………」

「返答次第によっては、無礼打ちにいたす！」

通りを歩いている人たちが驚いて、こちらを見るほどの大音量であった。

宮次はその威厳ある声音《こわね》に、すっかり体が縮こまってしまったのだろう、はぁはぁと荒い息をしながら、

「す、すみません……殺すつもりではなかったのです」

と白状したではないか。

そのとき、女の子がやってきた。おろくだった。

「おじちゃん、今日も手伝いに来たよ」

由布姫が即座におろくの前にしゃがんで、今日はお手伝いはいらないそうよ、と声をかけた。おろくは、不思議そうな目をして、由布姫と宮次を見比べて、

「あぁ、そうか。わかったよ。おじちゃん、いい女の人ができてよかったねぇ」

こまっしゃくれた台詞を吐いて、そのまま戻っていった。

七

数日後の片岡屋の離れ。

例によって、千太郎の前に、由布姫と弥市が座っている。

徳之助は、女のご機嫌伺いで、どこぞに物見遊山に行っているとのことだ。

「ところで……」

弥市が、難しい顔をしている。

「なにがどうして、下手人があのそば屋と気がついたのです？」

「なに、簡単なことだ。てんぷら屋は、いい仲のお藤に近ごろ大金が入るかもしれぬ、と告げていたであろう」

「へぇ。確かにそう聞きました」

「さらに、お藤は洋平が表店を出すことができるかもしれない、とうれしそうに話していたというではないか」

「はい」

「宮次の答えでは、洋平とは仲が良かったと一度答えていて、次に、素性などを話すほど仲は良くなかったと話を変えている。これは、あまりふたりの間を知られたくない、という心が働いたからだ、と推量したのだ。だから、それを確かめようとしたのだが、あんなことになってしまって、まぁ、親分の先を越したようで申し訳なかったが……」

「いえ……」

思いの外、千太郎の腰が低いので、弥市は文句もいえない。

「それに、親分……柿田屋の娘、喜恵が夜な夜な永代橋の下で、大笑いをしていたと、清右衛門は答えたのだな？」

「へぇ、清右衛門を問い詰めたら、喜恵に縁談が生まれて、それが気に入らなくて心が壊れてしまったらしい、とのことでした」

「そんなことだと思っておった」

「では、宮次が洋平殺しの下手人と知っていて、私をわざと柿田屋に行かせたのですかい？」

「それは違うな。さっきも答えたが、喜恵の件を確かめてもらってから、宮次を追及しようと思っていたのだ。あの日はちと脅しをかけるつもりだけだったが、相手から、こちらを追い出そうとしたから、つい、あんなことになったのだ」

「へぇ、そうですかい。それはわかりましたが、宮次に狙いをつけたのは？」

「なに、お藤がいっていたのであろう？　宮次さんに洋平がなにやら相談をもちかけていた、と」

「へぇ」

「その相談とは、柿田屋のことだと予測するのは容易だ。洋平はひとりでは脅しもできないと思ったのかもしれぬ」

「なるほど。宮次は確かに、自身番で吟味同心に、洋平から話を持ちかけられて、柿田屋を脅すことにしたのだが、その分け前の取り分で衝突して、つい首を絞めてしまった、と述べています。洋平は自分は強面ではないから、あんたのその一見、怖そうな顔があればうまくいくのではないか、と誘われたとか」

「そんなところか。くだらぬな」

「まぁ、金の分配などで人殺しなんざねぇ。それに、あのお藤という女も可哀想ですが、脅迫の金子《きんす》が入ったところで、うれしくはなかったでしょうねぇ」

「おや。親分。そのお藤さんに懸想《けそう》でもしたか？」

「まさか」

わっはは、と千太郎が大笑いをした瞬間、

「う！」

また、腰を曲げて押さえてしまった。

すると、由布姫がすかさず、

「ほらほら。皮肉とか嫌味ばかりをいっているから、そんなことになるのです」

「ううう。それはまた手厳しい」

四つん這いになって、はいはいをするような仕種に、由布姫と弥市は、大笑いをし続けている。

「ううう。そんな笑い方をしていると、今度は永代橋ではなく片岡屋が噂になるぞ……」

由布姫と弥市を睨みつけるが、ふたりは一向に笑いをやめようとはしなかった。

第三話　居残り姫

一

日本橋、十軒店にある梶山に病人が出て、騒然となっていた。

この界隈は、人形店が多く並んでいる。

その一角にあるのが、梶山でありそこの娘、志津は由布姫の腰元として、普段、供についているのだが、このところ体調が芳しくなかった。

好き合っている千太郎の家臣、佐原市之丞《さはらいちのじょう》との仲を進展させることができずにいるのが、要因ではないか、と由布姫は推量している。

婚儀まで進めていくことができない要因は、

「千太郎君と由布姫さまがまだ祝言を挙げていないのに、自分たちが先に夫婦にはなれない」

といいうものだ。

市之丞や志津からしてみると、

「さっさと婚儀をしてくれないから……」

と恨みのひとつもいいたいところだろう。

市之丞は、いま国許《くにもと》の下総に帰っているので、書簡で志津の状態は伝えられている。すぐにでも江戸に戻りたいと、じりじりしている姿が目に見える。

だが、国許で任された新田開発の仕事が終わらず、なかなか離れることができずにいるのだった。

千太郎と由布姫は、このまま志津を江戸に置いておくのは、気持ちの切り替えが簡単にいかず、どんどん深みにはまってしまうのではないか、と感じていた。

「では、どうする」

千太郎は、市之丞を江戸に戻すのが一番だというのだが、

「湯治《とうじ》などはいかがでしょう」

近場の温泉で、気持ちを鎮《しず》めさせのはどうか、と由布姫が勧めた。

秋の海風は、気持ちを落ち着かせてくれるのではないか、というのが主なる理由で

あった。

「なるほど……」

　自分も行ける、と千太郎は、喜びの顔を作ると、

「私がそばについています」

「しかし」

　そうそう簡単に姫が、屋敷を開けることができるものか、と千太郎は首を傾げるが、

「もちろん、簡単ではありません」

「では、私が」

「千太郎さんが、おなごの世話などできますか？」

「ううむ」

「それは、無理だ」

「ならば、私が行くのが、一番ではありませんか」

　由布姫の言葉は、もっともである。

「では、数日くらいでも、一緒にいることにしよう」

　ということで、ふたりは志津を湯治に連れて行くことにしたのである。

「では、草津《くさつ》などいかが？」

「それは、無理であろう。もっと近場で、すぐ江戸に戻れる場所が良いのではないか」

千太郎の言葉に、しぶしぶ由布姫も頷く。

湯治場は、江戸から半日あれば行ける銚子《ちょうし》と決まった。

そこの宿は、由布姫が子供の頃に、数度行ったことがあるから、余計な心配はしなくてもいい。当然、由布姫の身分も知っているからだ。


宿は、銚子の海辺にあった。

松原が続く一角に建つその宿は、隠れ家のような建物だった。

松林の陰にひっそりと建っているので、表通りからはもちろん、土地の者でもなにがあるのか、と思えるような場所である。

宿に入ると、

「おう、これはすばらしい」

思わず、千太郎が囁いた。

高台にあるので、座敷から窓を開くと、目の下に、大海原が拡がっていたからである。

白波が崖に向かって押し寄せる姿は、じっと見ていると、自分がどこかに連れて行かれるような思いになる。

となりで、由布姫が久々に見た、と感動している。

「この景色で志津が元気になってくれたらいいけど」

「それは、本人しだいだな」

「また、そんなことをいう」

「この雄大な景色も、見る者によって、感じかたは異なる」

「それはそうでしょうが」

「だからこそ、周りが手助けする必要があるのではないか？」

「私が適任でしょう」

「それは、志津が決めることだ」

「私しかいません」

志津の気持ちを知るのは、自分だと言い切る由布姫に、千太郎は、じっと眼下に拡がる海を見つめて、

「あの海が志津を癒《いや》してくれるだろう」

「あら、手助けが必要といいました」

「本人の気持ちが一番、大きな手助けになる」

堂々巡りである。

「もう、いいです」

お風呂に入ってきます、といって由布姫は座敷から離れた。

志津と由布姫が入った部屋と千太郎が泊まる部屋は、いわば特別に誂えられている部屋だ。

一般客が泊まるところからは、離れて独立している。

自分たち以外の客の姿を見ることはないから、余計な気を使う必要はないのが、ありがたい。

由布姫がお湯に入りに行ったのをきっかけに、千太郎は外に出てみることにした。

宿の庭から、さらに海に近づくことができるのだ。

志津をひとりにしておくのは、はばかられたが、部屋を覗いてみると、寝息をたてていたので、四半刻くらいならひとりにしていても、問題はあるまいと千太郎は判断したのだった。

離れから廊下に出て、さらに外廊下を渡る。

途中、廊下が途切れてそこから、浜辺に向かうことができるのだ。

砂浜が近いせいだろう、地面は緩んでいる。

左右には、松の林が続いている。

遠くに、海が見えてきた。

風のなかに潮の香りが含まれている。江戸でも品川あたりを歩くと、風の向きによっては、潮の匂いが漂ってくるが、それとはどこか異なり、もっと広い海の香りが流れてくるようだった。

数歩進むと、地面は砂が多くなった。

松の林の間隔も広くなり、海鳴りが聞こえてくる。

「これは、豪快であるなぁ」

千太郎は、ひとりごちた。

さらに前進すると、砂浜に出た。

小さな舟が海辺にあった。おそらく漁師が使っているのだろう。

千太郎は、物珍しそうに近づき、舟のなかに入ってしまった。船底に寝転がってみる。

空が見えた。

ところどころ雲の切れ間があり、そこからは青い空が覗いている。雨が降るような天気ではない。

心地よい風と、波の規則的な音に囲まれ、その気持ちよさに、千太郎はいつの間にか、寝入ってしまった。

どのくらい、寝ていたのだろう。男女の声で目が覚めた。

まさか舟のなかに人がいるとは思っていないのだろう、ふたりは、深刻な声で会話を交わしている。

はじめは遠くからだった。

だが、声はしだいに近くなり、舟のすぐそばにふたりは、座ってしまったらしい。

おかげで、ふたりの会話の内容がはっきり聞こえる。

若い女と中年の男のようだ。

夫婦ではないだろう。男が、お嬢さんと呼んでいる。

おそらく、どこかのお店《たな》の娘とその下男、あるいは手代……番頭だろうか。

想像を逞しくしながら、つい耳を澄ます。

年齢はかなり差があると思える声音《こわね》だが、そのなかには、どこか甘い雰囲気がかくされていることに、気がついた。

恋仲だろうか？

心の声が呟いた。

男はそれほどでもないが、女の声はまさに、男に身を預けた色を含んでいたのである。

どうやら、ふたりは江戸から逃げてきたのだが、これからどうするか決めかねているらしい。それほど、切迫した雰囲気ではない。むしろ、女はいまの状態を楽しんでいるようだった。

男は女にせっつかれて、しようがなくここまで来てしまった、という気持ちがありありと感じられる。

「ははぁ。女にほだされたか」

心のなかで薄笑いしながら千太郎は、耳を澄ます。

聞きたくなくても、否応なしに耳に入ってくるのだから、仕方がない、と自分に言い聞かせているが、言い訳のようなものだ。

「私も弥次馬であるな」

そんなことを考えながら聞いていると、

「おや？」

つい、声が出てしまった。

女の言葉のなかに、心中《しんぢゅう》という言葉が出てきたからで、聞き捨てならぬ、と千太郎は呟く。

会話は、続く。

「ね、死にましょう？」

先ほどまでの甘えから、真剣な声に変化している。ふたりの間になにがあったのか、それが気になった。

「お嬢さん、それは……」

「そのつもりで、孝太郎《こうたろう》も一緒にここまで逃げてきたんでしょう？」

その声には、違うはずがない、という希望と押し付けが混じっている。男は、しばらく答えを留保していたようであったが、

「……それはどうでしょうか」

その返答に、女の声がきつくなる。

「なにをいまさら。私をばかにしているのですか」

「そ、そんなつもりはありません」

「では、どうして、いまそのような言葉を……」

最後は泣き声に変化している。女の態度に男は慌てたらしい。

「いえ、お嬢さん、そんなつもりでいったのではありません」

「でも」

「お聞きください」

「…………」

「ここまで、うまく逃げることができました」

「はい」

「ならば、これからも、もっと違う方法で、逃げ続けることができるのではありませんか？」

「でも」

「死ぬつもりだったからここまで、来れた、ということもありますでしょう」

「死を覚悟していたから、ここまで我慢ができたのです」

「もちろん、それは否定はしません」

「では、いいではありませんか」

「……死んでしまっては、花実が咲きません」

二

千太郎は、これはおかしなことになってきた、と心で呟く。

女は死ぬつもりだ。

だが、男にはその気がない。

普通なら男が女を騙《だま》している、と考える状態だろう。だが、女はそこまで考えていないらしい。

心底から、男を信じているのだろう。それは、次の台詞《せりふ》からも感じられた。

「では、私たちはどうしたらいいのです」

男の返事は、間があく。

死ぬつもりでここまで江戸から逃げて来たとしたら、女とすれば、男に詰め寄ってもおかしくはない。千太郎は、その関係にふと疑問を感じたが、男と女の間柄は、それぞれの組み合わせほどある。

「としたら、別におかしくはない」

ふっと苦笑する。

自分と由布姫の間とて、周りから見たら普通ではないはずだ。そう考えると、他人のことをとやかくいえない。どんな関係が成り立つかは、当事者の問題でしかないのだ。

「では、どうするのです」

女が詰め寄るが、声には期待の匂いが隠されている。それにどうやって男が応えるのか、千太郎には興味があった。

「では、お嬢さん、こうしましょう。まずはこの宿に少しいて。これから先、どうしたらいいのか、策が生まれたら、そこから行動に移すというのはどうです」

「…………」

女の態度にがっかりした雰囲気が生まれたはずだった。

小さなため息から、それが感じられたのだ。

もっと具体的な策があるとの期待は裏切られたはずだ。それでも、女は、静かに、

「わかりました」

声に力はないが、とにかく男に任せると告げている。

由布姫が相手であれば、確実に、頭のひとつも張り飛ばされているだろう。だが、この女は違ったらしい。

千太郎は、由布姫の顔を浮かべて苦笑する。

どっちがいいのか、わからぬなぁ、と心で呟いた。

「孝太郎……」

女が呼ぶ声には、死のうといったときよりも、勢いが消えている。

「はい」

「では、いつまでここにいるのですか」

それを決めることが条件だ、といいたそうだった。

「そうですね……五日ほどではいかがです？」

「それだけで、決めるのですね」

「決めるのです」

「では、待ちましょう。いい案が浮かばないときは……」

「はい。承知しております」

「わかりました」

男の名は孝太郎と聞こえたが、女の名はわからずじまいである。同じ宿に泊まっているとしたら、そのうち判明することだろう。それにしても、と千太郎は呟く。

「面倒な話を聞いてしまったものだ」

ふたりの会話を反芻《はんすう》している間に、千太郎はまた眠りに落ちた。

部屋に戻ったときは、すっかり夕刻も過ぎて、暗くなりかけていた。

廊下には銁燭に灯が入り、部屋のなかの行灯にも火が点けられていた。千太郎は食事の前に、志津の様子を見ようと、部屋を訪ねることにした。

志津は、蒲団の上に体を起こして、由布姫と談笑しているところだった。

「おう、起きられるようになったのか」

「千太郎さま……」

慌てて、身なりを整えようとする。

「そのままそのまま。私など気にすることはない」

由布姫とともに千太郎に会った当初は、旗本の道楽息子だろうと踏んでいたが、由布姫が素性に気がついた頃から、志津も気がつき始めた。

さらに、佐原市之丞と懇《ねんご》ろになった頃から、千太郎にただならぬ身分を感じて、

「あの方は何者です」

志津が問うと、市之丞は、

「それは、いえません。そんなことより、志津さんのご主人は、どこのお店のじゃじ

や馬ですか」

「じゃじゃ馬とは、なんです、あのかたは……」

そんな言い合いがあり、

「なんと！」

「なんですって！」

お互いの主《あるじ》同士が、祝言を挙げる間柄だと知ったのである。

そのときの驚きと喜びはふたりの間で、いまでも語りぐさになっているほどである。

とはいえ、江戸の町ではお互い、身分を明かすわけにはいかない。暗黙の了解で、言葉にはしないことになっているのだった。

そのために志津は、千太郎を前にしても、若殿という態度はなかなか取れない。だがいまは、三人だけでほかに人がいるわけではない。

「いつも姫さまが……」

世話になっている、というのもはばかれる、とそこで言葉を切った。

「そんなことより、どうだ体は」

「はい、この海の音が心を鎮めてくれるようです」

「それは重畳《ちょうじょう》」

「ありがとうございます」

「なに、この案は雪さんが言い出したことだ」

千太郎は、普段は由布姫のことを雪さんと呼ぶ。

「あら」

志津は、千太郎の案だと聞いていたらしい。

「……あぁ、そういうことですか」

にやりとふたりの顔を見つめて、志津は合点《がてん》のいった表情をする。

「なんだな？」

「お互いの手柄にしようとする、おふたりの心がうれしうございます」

「ふむ」

千太郎と由布姫は、期せずして笑みを浮かべ合ったが、志津の目に哀しみが見えることに気がつき、

「市之丞はすぐ呼ぶから、待っておれ」

千太郎が、気持ちを楽にさせようとする。

「はい。一日千秋の思いでございます」

「もう少しの辛抱だ」

「はい」

じゃじゃ馬姫ほどではないが、活発な志津が沈んだ顔をするのを見るのは、忍びない。千太郎も由布姫も、大きくため息をつくしかなかった。

少し、ひとりになりたい、という志津の申し出に、

「では、しばらく千太郎さんの部屋に行ってます」

由布姫が答え、千太郎もそうしようと頷いた。

志津と別れて部屋に入った千太郎は、

「ちと、面白き……などといってはいかぬか」

「なんです？」

「いや、ちと大変な内緒話を聞いてしまったのだ」

「おや、それはどういうことです？」

「じつは、さきほど、海辺に出てみた」

「あぁ、それで姿が見えなかったのですね」

風呂から上がってから、部屋を覗いてみたらしい。

「ふむ。でな……」

千太郎は、舟のなかで聞こえた会話を伝えると、由布姫は、

「そんな覗きのような真似をしていたのですか」

「向こうがかってに話しだしたのだ」

自分から聞こうとしたわけではない、と言い訳をする。

「どうですかねぇ」

「これはしたり。私が立ち聞きをするような人間に見えるか？」

「はい」

「む……」

「もちろん、冗談ですよ」

「ふむ」

「で、そのふたりは、私たちと同じ宿に泊まっているというのですか？」

「そのはずだ」

「ここは、離れですから。ふたりと顔は合わせませんからねぇ。会うには、母屋のほうに行かねばなりません」

「おっと、おっと」

「……なんですか、それは」

「姫……」

「ちょっと、待ってください。その呼び方はやめておいたほうが、いいのではありませんか？　壁に耳あり障子に目あり、ですよ」

「壁に耳あり……くくく」

「………？」

「壁に耳があったら大変だ。障子に目あり、とは……くくく」

ひとりで喜んでいる千太郎を由布姫は無視する。

「しかし、心中とは穏やかではありません」

「であろう？」

くすくす笑いをあっさりやめて、千太郎は真面目な顔になった。

「まったく、変わり身の早いことですねぇ」

「取り柄といってもらいたい」

「そんなことより、どうするつもりですか？」

「取り柄は延ばしたいと考えておるがなぁ」

「そうではありません」

「おや、欠点であったか」

「ですから」

「わかっておる。からかっているだけだ」

「いい加減にしてください！」

癇癪《かんしゃく》が落ちそうになったので、千太郎は、眉を蠢かせて、

「様子を見ようと思う」

「でも、母屋に行かねば会えませんよ」

「行けばよい。会いたいときにはどこまでも、である。私は雪さんに会うためなら、たとえ火の中、水の中。厠《かわや》まででも追いかけます」

あきれ顔をする由布姫は、千太郎の肩を拳でとんと叩く仕種をしてから、

「私も行きます」

にやりと笑みを浮かべた。

「このようなところにいつまでもいると、退屈するのではないかと思っていましたが、そのふたりを見張るという楽しみができました。あ、やはり不謹慎ですね。命を助けたいと思うという意味です」

「それは、私も同じ気持ちだからよくわかるぞ」

そういって、ふたりは笑みを交わしているのだった。

三

だが、ふたりの計画に齟齬《そご》が生まれた。

千太郎が江戸の屋敷に戻らなければいけなくなったからだ。江戸から火急《かきゅう》の書簡が来たのだ。差出人は、市之丞の父親、佐原源兵衛であった。この者は大げさだから、どうせたいしたことはないのだろうが、とりあえず、顔を見せてくると、千太郎はいった。

市之丞がこの宿に着くまでには、まだ数日かかるだろう。

「わかりました……では、私が居残りします」

由布姫が覚悟の目つきを見せた。千太郎がいなくなったとしても、いまのところそれほど問題はないだろう。志津に関しても、宿の者たちがいろいろ気を使ってくれるので、問題はない。

「ふむ」

「こちらは、私にお任せください」

「心残りであるが」

志津のこともそうだが、例のふたりの先行きが気になっているのだ。

「お気持ちはわかりますが……」

「ふむ。いまは源兵衛を安心させてこよう」

「はい。私からもよしなにとお伝えください」

頷いた千太郎に、由布姫はそっとそばによると、耳元で囁いた。

「ひとりでお寂しいでしょうが」

「ふむ……」

「ほかのおなごに悪戯などせぬようにね」

「ばかなことをいうでない」

体を離した由布姫は、あっはははと笑い声を上げながら、

「これで、おかしな真似をする気は消えたことでしょう」

そういうと、いきなり千太郎に抱きついた。

「千太郎さま……」

「うむ……」

「寂しいです」

「……私もだ」

「でも、我慢いたします」

「ふむ」

そこで、ふたりの言葉は消えた……。


しばらくして、千太郎は宿から出て、江戸に向かった。

居残りになった由布姫は、千太郎から聞かされたふたりが、母屋のどの部屋にいるのか、調べることにした。

宿の主人は、宗右衛門《そうえもん》といい今年六十になる好々爺だ。

白髪頭に小さな髷を乗せて、いかにも人の良さそうな男である。由布姫のことは、幼き頃から知っているので、

「人助けをしたい」

といきなり自分の部屋に入ってきても、驚きはしなかった。

「おや、姫さま」

「宗右衛門、助けてほしい」

「おや？　人助けではなく、姫さまご自身のことですか？」

「……違います」

由布姫は宗右衛門を自分の父親、あるいは祖父のごとく慕っている。つい、甘えが出てしまう。

千太郎が聞いたという男女の話をすると、

「さぁ。私はどのようなお客さんが来ているのか、細かく把握はしていないので、女中頭のおみつに訊いてみましょう」

そういって、すぐおみつを呼んだ。

おみつは、体が大きくがっちりした女だった。おそらく三十前後だろう。顔も体も丸く、小太りである。ちょっと見冷たい印象を受けるが話をしてみると、そうでもなさそうだった。

宗右衛門の言葉が終わると、首を傾げながら、

「それは、昨日からお泊まりのお客さんではないでしょうか」

「名前はわかるかな」

「はい。江戸連雀町《れんじゃくちょう》の蒲団問屋、小貫屋《こぬきや》さんのお路《みち》というお嬢さんと、その番頭、孝太郎さんと伺っていますが、それが本当かどうかは怪しいと睨んでいました」

「はて、それはなぜだな」

「名前を宿帳に書いてもらうときに、少し、迷っていたからです」

「贋《にせ》の名前を書いたと？」

「そうだと思います」

　由布姫が言葉を挟む。

「でも、孝太郎というのは、そのままのようですよ」

　女が男を呼ぶときに、孝太郎といって話しかけていたと千太郎から聞いている。

「では店の名前。あるいはお嬢さんの名前が偽ものの？」

「おそらくは……」

　長年、女中頭を勤めてきた勘だ、とおみつは答えた。

「おみつのいうことは、信頼できます」

　秘密にしているので、おみつは由布姫の身分を知らない。

　だが、うすうす感づいているところがあるようだった。身分の高い者に対する態度が見えているからだ。

「おみつさん、お願いがあります」

「なんでしょう」

「私を女中に使ってください」

「まさか！」

由布姫がとんでもないことを頼みだしたから、おみつは目を瞠《みは》る。

「いえ、ふたりを見張るためには、そうするのが一番ですからね」

「しかし……」

高貴な香りのする由布姫を女中として顎で使うなど、おみつが尻込みするのは、当然だろう。

だが、宗右衛門の言葉が、おみつの背中を押した。

「心配はいらない。このかたは、少々、荒っぽく使っても死にはしない」

「あら……」

由布姫は苦笑するが、その顔には確かにそのとおりだ、という意味が含まれている。

それをおみつも感じたのだろう、

「わかりました。新人ということでよろしければ」

「もちろんです。そのほうが右も左もわからぬ者として、探りを入れるには、都合がいいですからね」

由布姫は、にやりと笑った。その顔には、自信が溢れている。

「あのぉ……」

おみつが、怪訝な目でこんなことを訊いていいのか、わからぬがという目つきで、

そわそわしながら、

「どうお呼びしたらよろしいのでしょうか」

「雪と呼んでください。呼び捨てですよ」

「……はい」

おみつが頭を下げる。

ふたりの会話を聞いていた宗右衛門もひと安心したという顔つきになった。

「ですが、雪さん」

「はいはい。無茶はしません。ご安心を」

「違います」

「はて？」

「言葉遣いに気をつけてくださいよ」

命令口調を出すな、というのだった。

「なるほど、そうであった。あ！」

「ほれほれ、それがいけません」

「いや、すみません」

頭を下げながら、由布姫はいろいろ大変なことになりそうだ、と考えつつも、女中という身分になるのが楽しみだ、とも思っていた。

四

由布姫の女中生活が始まった。

志津のことは、おみつが見ることになり、寝泊まりも住み込みの女中たちと一緒にすることにしたのである。

宗右衛門とおみつは、そんなことまでする必要はない、と止めたのだが、

「そこから生活をしないと、ふたりに疑われてしまいます」

頑固を貫き通したのである。

話を聞いた志津は、含み笑いをしながら、

「私の看病よりも、楽しみを見つけましたね」

と、かえって喜んだほどである。

やはり、由布姫がいつもそばにいてくれることに、小さな負い目を感じていたらしい。おみつが世話をしてくれるほうが、志津としても気楽なのだろう。

「ですが、姫さま」

「わかっております。言葉遣いでしょう」

「違います。無茶はしないようにしてください」

「……はいはい」

人によって、心配の仕方が異なるものだと由布姫は心で笑った。

女中と同じ生活といっても、女中部屋は四畳半。三人で暮らしている。そのなかに由布姫を押し込むわけにはいかない。

そこで、由布姫を含めて、四人を二部屋にすることにした。

決めたのは宗右衛門である。おみつもそれには、反対はしなかった。ただし、由布姫が宿から出たときには、元に戻すことになる。そのときに、一度広くなった部屋をまた元に戻すのは、気持ちとして合点がいかぬでしょう、と女中たちの気持ちを代弁する。

それに対して、宗右衛門は、

「ならば、そのまま続けてよい」

と許した。

「ただし、新しく女中を雇わねばいかぬなぁ」

懐手をする宗右衛門に、おみつは、

「そのほうが、私は助かります」

どうやら、人手が足りないといいたいらしい。おみつが、由布姫が女中として入り込むことに反対しなかったのは、そんな答えも隠れていたのかもしれない、と由布姫は得心する。

四畳半にふたりの暮しは、由布姫にとっては新鮮な趣《おもむき》を感じた。

こんな狭いところで、ふたりで寝泊まりするなど、姫としては、まずあり得ないことだ。

まるで毎日物見遊山をしているような気持ちだ、と由布姫は千太郎に文を認《したた》めたほどだった。

連雀町には小貫屋という蒲団問屋が本当にあるかどうか、それを調べてくれ、と千太郎に頼むことも忘れてはいなかった。

おそらく、千太郎は弥市親分に頼むだろう。

大名飛脚を頼めば、連絡の取り合いも問題はないのだが、それでは身分がばれてしまう。そこで、由布姫は志津の使用人を使うことにした。一番、足の速い者に、江戸と宿を往復してもらうことにしたのだった。

選ばれたのは、志津の推薦で公吉《こうきち》という十五歳の小僧から、ようやく手代になりかけている奉公人だった。

自分でも韋駄天《いだてん》の生まれ変わりだ、と豪語する十五歳である。

使いを出して公吉が呼び出されたのだ。

公吉はお嬢様の手伝いができる、と喜び勇んで宿に吹っ飛んできたのだった。

こうして、千太郎との繋ぎ役ができた。

あとは自分がお路、孝太郎のふたりをいかに見張るかにかかってくる。

「まずは、本当の正体を知りたい……」

公吉が千太郎からの返事を持って帰るまで、静かに、陰から見続けることが大切である。

女中という身分ではあるが、そこはおみつが、適度な仕事を与えてくれるので、ありがたい。仲間となった新人に、三人も暖かく当たってくれる。

「江戸の生き馬の目を抜くような世智辛《せちがら》さがないわねぇ」

心のなかで、おみつら三人の仲間に手を合わせる。

お路は、孝太郎と呼び捨てにするが、孝太郎のほうは、いつも、

「お嬢さん」

と呼んでいるので、お路という名前が本当か嘘か判然としないまま、二日過ぎ、三

日目に、ようやく公吉が戻ってきた。

千太郎からの文には、

「小貫屋という店はあったが、そこにお路というお嬢さんはいない。孝太郎という番頭もいない」

と書かれていた。

「弥市親分が調べてくれたところ、小貫屋の若旦那の金二郎《きんじろう》が、ある女に懸想して、追い掛け回していた、ということが判明した」

とのことである。さらに、文は続く。

「金二郎が惚れた女は、お路といい、日本橋本町二丁目の呉服を売る、伊勢杉《いせすぎ》という店の長女」

だと判明したというのだ。

やはり、宿帳は嘘だった……。

ふたりは、金二郎から逃げるために、この宿まで駆け落ちをしてきた、ということらしい。

千太郎がふたりの会話で聞いた、死という言葉も合点がいく。

由布姫は、この話だけでは、同情するわけにはいかない。裏にどんな難しい問題が隠れているのか、そこまではっきりしていないからだ。

「駆け落ちをするには、なにかふたりに問題があるはず……」

読み終わった文を丸めながら、心で呟いた。

千太郎が常にいうように、

「物事には、表と裏がある」

その表がどんなことなのか、裏とはなにか?

それを把握するまでは、うかつには動けない、と由布姫は自分に言い聞かせた。


女中の仕事がどれだけ大変なのか、由布姫は身をもって体験している。

朝は、六つになる前に起きて、宿の掃除、そして、風呂の確認、その他もろもろ。

食事を作るのは、賄《まかな》い方がいるので自分で米を研《と》いだりはしないが、膳を運んだり、片づけたり。蒲団は一度部屋に運び入れたら、客が自分たちで扱うようだった。

「ほかのお宿はどうか知りませんよ」

おみつが、そういいながら、仕事の内容を教えてくれた。

姫さま育ちとはいえ、江戸の町を徘徊しながら、庶民の生活も見ているおかげか、それほど苦痛もなく、仲間に入ることができた。

この仕事は初めてで、いまは町人になっているが、元は武家の出だ、という触れ込みであったから、周りも手助けをしてくれているのであり、自分ひとりの力ではない。

仕事を続けながら、それとなく、お路と孝太郎のふたりから目を離さずにいたのだが、ある日、おかしなことを聞きつけた。

新しく来た客の会話を聞いてしまったところから、それが始まる。

聞くともなしに、聞いてしまった客ふたりの会話に、由布姫は首を傾げた。

「お路と孝太郎を早くふん縛ってしまったほうがいいんじゃありませんかい?」

強面ふうの声が響き、思わず由布姫は、膳を運んでいる足を止めた。

ふん縛る、とはおだやかではない。

その台詞は、たまに弥市親分が使っている言葉だ。

「だがなぁ、まだ、はっきりとした証《あかし》がみつからねぇ」

「でも親分……このまま指をくわえて見ているのは、業腹《ごうはら》ですぜ」

「確かに……」

声から、答えているほうが年かさらしい。

若いほうが、気が急いているようである。しかもその内容は、ご用聞きの言葉遣いである。さらに親分と呼んでいるところからも、感じられた。

ご用聞きがどうして、あのふたりをふん縛ろうとしているのか?

なにかの事件に関わっているということなのだろうか?

では、事件とはなに?

疑問がどんどん湧いてくる。

しばらく、そのまま聞いていたかったのだが、ほかの客がお仕着せの浴衣《ゆかた》を着て、手ぬぐいで顔を拭きながら歩いてきたので、途中で諦めるしかなかった。

「ふん縛るとは……」

由布姫は、しばらくその言葉が頭から離れずにいた。

由布姫は、すぐおみつに頼んで、宿帳を見せてもらった。

おかしな会話が聞こえてきたのは、楓の間からだ。宿帳を見ると、三人の名が書かれている。

ふたり連れと、ひとりの客が相部屋になっている。

帳面には、三人の名前が並んでいる。真ん中に書かれている人物は、ふたりのひとりに違いないだろう。あとは、先の名か最後の名前だ。

おみつに、ふたり連れとひとり客とどちらが、先に宿泊し始めたのか問うと、ひとり客が早い、と答えた。

ということは、最後のふたりが例の会話の主《ぬし》に違いない。

由布姫の問いが、お路とは関係のないふたりに関してだったので、おみつは怪訝な顔をする。

会話の内容を教えていいものかどうか、悩んだが、じつは、と由布姫は伝えた。

「まぁ……それはおかしな言葉ですねぇ」

おみつも、目を剝いている。

「それは、ご用聞きですよ。間違いありません。そういえば、あのふたりの目つき、なんとなく気持ちが悪いなぁ、と思っていました」

名前を再確認すると、ひとりが、万蔵《まんぞう》。そしてもうひとりは、富士太《ふじた》と書かれてある。

おみつは、

「万蔵のほうが年上ですね」

と答えたが、富士太のほうが剣呑な感じがする、という。

由布姫が聞いた声で、ふん縛る、という台詞を使ったのはおそらく、富士太のほうだろう。声が若かった。

若いほうは、下っ引きなのだろうか。

それより、まだ本当にご用聞きなのかどうかも、判然としていない。そこから確かめたほうがいいかもしれない、と由布姫は考えた。

おみつは、それは自分がやります、という。

「でも、お仕事があるでしょう」

「雪さんは、あの男女ふたりのほうに、目を向けていてください」

「わかりました。では、お願いします」

千太郎に文を出して、ふたりの名で江戸のご用聞きがいるかどうか、弥市に確かめてもらおう。由布姫は、その旨をおみつに告げると、

「こちらは、こちらでわかる範囲で調べてみます」

「ありがたいです」

頭を下げようとする由布姫に、おみつは、手を振りながら、

「やめてください。そんなことをするのは」

「では、お頭、よろしく」

「あいよ！」

ふたりは、笑みを浮かべ合った。

五

宿で事件が起きた。

なんと、由布姫が見張っていた、お路、孝太郎のふたりが怪我をしたのだ。

ふたりがお湯に入ろうと、風呂場に行こうとしたときだったという。この宿は、お風呂場が母屋から渡り廊下で繋がっているところにある。

その途中、暴漢に襲われたというのだった。

土地に岡っ引きはいるが、このあたりでは事件などほとんど起きない。起きたところで、せいぜい、こそ泥が入って作っていた野菜を盗まれたとか、酒の入った瓶がなくなったなど。

たいした事件は起きない。

だから、宗右衛門が呼んだ篠兵衛《しのべえ》という四十絡みの岡っ引きは、

「あっしは、こんな暴力沙汰は苦手だ」

といって、真剣に調べようとしない。

そんな態度に、ほかの客たちが怒り狂う。自分たちの安全が脅かされている、とい

うのだ。

その気持ちはもっともなことだろう。

多くの客は、近在からだけではなく、江戸や房州などほかの町からの者が多い。安全だと思うからこそ、湯治場として人気があるのだ。

その安全が一気に壊れそうになっている。

「雪さん」

膳を運ぼうとしているとき、宗右衛門が由布姫に声をかけた。

「はい？　なんでしょう」

ていねいにおじぎをする。

宗右衛門は、面映《おもは》ゆそうな目をしながら、

「この事件を解決してください」

となりに、篠兵衛がいるにもかかわらず、そう声をかけた。

「この人は、探索が上手なのだよ」

宗右衛門が篠兵衛に説明をした。

「このかたが？」

篠兵衛は、女中というには柳腰で、肩もそれほどがっちりしていない由布姫の姿を、

胡散臭そうに見ながら、

「大丈夫なんですかい？」

宗右衛門に、訊いた。

「なに、篠兵衛さんよりは、相当力がありますからご心配なく」

その言葉に、篠兵衛は鼻を鳴らして、

「そうかい。それなら頼むぜ」

反対するのかと思っていたら、あっさりと探索の指揮を渡されてしまった。それだけではない、

「これを使ってもいいぜ」

なんと、十手までひょいと手渡され、さっさと宿から離れていってしまったではないか。

宗右衛門が、苦笑しながらいうには、

「あの篠兵衛というのは、正式な岡っ引きではないのです。いわば、自警のためにみんなで十手を預けているだけなのですよ」

つまりは、志があって十手持ちになっているわけではない。

「それで、あっさりとこれを？」

「まぁ、そうでしょうねぇ。面倒なことに巻き込まれたり、自分の力不足で解決できない、という結果から逃げたのでしょう」

「まぁ、そんな親分さんがいるなんて」

そう考えると、弥市は、真剣に江戸の治安を考えている、と由布姫は喜ばしかった。

篠兵衛に十手を預けられた由布姫は、思いどおりに探索を進めることができるようになったと、喜んだ。

一番最初に、やったことは、襲われたふたりに身上を訊くことだった。

お路、孝太郎に住まいを訊いたとき、ふたりの顔に苦悶が浮かんだのを由布姫は見逃さない。

「それは、いいたくありません」

孝太郎が答えたが、覇気はない。なにか隠してるのは、みえみえだ。やはり、宿帳に書いた連雀町というのは、嘘だと由布姫は追及する。

「この宿帳には、連雀町の店の名前が書かれているが？」

「はい……」

孝太郎の目が泳ぐ。

お路は、もじもじしていて、はっきりしない。

「まぁ、いいでしょう。で、怪我はどんな状態ですか？」

それには、ふたりとも腕を見せて、

「ここを殴られました」

孝太郎は、二の腕に痣《あざ》ができていると見せる。

「私はこちらです」

お路が見せたのは、肩のあたりだった。

いずれも、確かに誰かに殴られたような痣ができていた。

「襲われたときに、逃げようとしてできた怪我です」

孝太郎の答えに、由布姫が首を傾げる。

「怪我というほどのことではありませんね」

「でも、襲われたのは確かです」

「襲ってきたのは、どんな相手でした？」

「それが、暗かったので……」

はっきりとは見えなかったと、孝太郎は答えた。

廊下を歩いていたのは、暮れ六つを少し過ぎたあたりだ。まったく見えないとは思えないが、突然現れたので、驚きが先にたち、顔まで見る間がなかったといわれたら、反論はできない。

「そうですか……でも、なにか特徴はなかったでしょうかねぇ」

「特徴？」

お路が首を傾げる。

「匂いとか、着物の色とか、侍とか……」

「そうですねぇ」

お路は思い出そうとしているが、

「やはり、あっという間のできごとでしたから」

「覚えていない？」

「はい……」

「そうですか。孝太郎さんは？」

しばらく考えていたようだったが、やはり肩を落として、

「わかりません」

お路と顔を見合わせるだけだった。

布姫は思い切って、作戦を変えてみた。

「金二郎さんとは、どうなっていますか？」

その名前に、ふたりの顔は蒼白になった。まさか、ここで金二郎の名が出るとは思っていなかったのだろう。金二郎から逃げようとしたのだ、その名はふたりを慌てさせた。

「そ、それは……」

お路が、はぁはぁと息を荒くした。

孝太郎は、その場から逃げ出しそうな顔つきをしている。きょろきょろと逃げ道を探しているようだった。

「少し、あちらで金二郎さんについて、お訊きしましょう」

由布姫が、別の部屋に誘う。

その部屋は、例のふたり組が泊まっているとなりの部屋だった。わざとそうして、ご用聞きらしいふたりに、刺激を与えようとする策だった。

そうとは知らないふたりは、怪訝な顔をする。

「ここは、真ん中の部屋です。端のほうがいいのではありませんか？」

周りにいる客に声が聞こえないほうがいいだろう、と思わせたのである。

案の定、お路が由布姫の誘いに乗った。

「それで、お願いします」

由布姫の作戦勝ちだ。これで、一石二鳥だと踏んだのだが、孝太郎は首を傾げたまま、不審な目つきをする。

「ここでは、いけないのですか？」

廊下を歩くと客たちの好奇の視線にさらされる、といいたそうだった。お路は、孝太郎の気持ちを汲みながらも、

「いいから、端の部屋に行きましょう」

「……そうですかい」

「なにか、不都合でもありますか？」

「あ、いえ、そんなことはありません」

「では、あちらへ……部屋の片方は外です」

これは、相手を安心させるための詭弁《きべん》だ。

片方は外でも、もう一方は客室である。だが、片方が外ということで、ふたりの気持ちを安心させ話しやすくさせる策だった。

お路は、早くも立ち上がろうとしている。

それを見て、孝太郎もしぶしぶ、由布姫の後を追い始めた。

六

志津はなんとか、気持ちが落ち着いてきていた。

これも、由布姫と千太郎のおかげと、感謝をするしかない。

いままでは、体もなかなか動かなかったのだが、この宿に来て数日過ぎると、なんとか外まで出歩くことができるようになった。

潮風に長く当たるのは、体によくないが、少しくらいなら気分転換になるし、また、すがすがしい気持ちにもなれる。

志津は、ひとりで松原を歩いていた。

と、ふたりの男が、砂浜と松原の境目のような場所に座っている姿が目に入った。

宿の客だろうか、と思ったが、どこか剣呑《けんのん》な雰囲気がある。近づくのをやめ、遠目から窺う。

やはり由布姫のお付きである。

不穏な雰囲気があると、ついその裏を確かめたくなるのだ。

ひとりは、黒っぽい格好をしていて、顔に手ぬぐいをかけている。風で飛ぶ砂を避けているらしい。

もうひとりは、その男より少し若く見えた。髷を横ちょにして、秋風だというのに、片肌脱いでいるのは、いかにも身が軽く、動き回りそうな雰囲気を醸し出していた。

ふたりとも、ただの町民ではないだろう。

やくざとも思えなかったのは、旅による日焼けがあまり見られなかったからだ。旅人なら、もっと色黒だ。焼けてはいるが、賭場を巡り歩くような荒れた雰囲気がない。

「なにをしているんでしょう?」

志津は、少し様子を見ることにした。

由布姫が、十手を預かっていることを知っている。男女が襲われる事件が起きたことも、由布姫から話を聞いていた。それとあのふたりが、なんらかの関わりがあるとしたら……。

しばらくぶりに、気分が高まっている。

近頃は、このような興奮する場にいる機会は少なかった。

というのも、由布姫が江戸の町に出ている間、志津が屋敷内の声を抑える役目を負っていたからだ。

そんな仕事も知らず知らずのうちに志津には重荷になっていたのかもしれない。市之丞が江戸にいたときは、会って会話を交わしたら、それで気分も晴れたのだが、国許に戻ってから、気持ちを楽にしてくれる相手がいなくなった。

それも、志津の心を蝕《むしば》む要因になっていたのかもしれない。

だが、いまふたりの男を遠目に見ていると、そんな日常の瑣末《さまつ》なことは吹っ飛んでしまった気がする。

気持ちが充実しているのだ。

「やはり、私も姫さまと同じ、弥次馬根性があるらしいわねぇ」

ふっと自分を笑ってみると、体に力が甦るのを感じた。

足が地に付いている、と思った。

姫の役に立ちたい、という気持ちがそうさせているのだった。


と……。

志津はふたりの周囲に、おかしな雰囲気を感じた。

誰かに見られているような、不思議な感覚を覚えたのである。いや、自分への目ではない。ふたりに向けられた目だ。

「なんでしょう？」

この感覚はなんだろう？

ふたりが座っている場所から、別のほうへ目線を巡らせてみた。

「あ……人陰」

縞柄が、松の陰に見えた。

顔は、木の後ろになっているので、見えないが、確かにそこに、男がいることに気がついた。明らかに、ふたりを見張っている様子が窺える。あのふたりは、誰なのだろう。

それを見張るのは、誰？

どうやって、それを確かめようかと知恵をしぼる。だが、そうそう簡単に策が生まれてくるものではなかった。

ただ黙って指をくわえているわけにもいかない。

考えた末、志津は思い切ってひとりのほうに寄っていくことにした。それで、少なくても、男の顔を見ることはできるだろう。うまくいけば、会話を交わすこともできるかもしれない。

だが、勇気を持って近づこうとしたときに、足がふと止まった。

「危険はないでしょうか？」

もし、こんなところで、自分に危害を加えられたら、太刀打ちできない。由布姫なら、小太刀の達人だが、自分にそのような力はない。すぐ捻られてしまうことだろう。

「やめたほうが良さそうだけど……」

自問しながら、それでもやはり、由布姫の役に立ちたい、という気持ちが勝ち、足を松の木のほうに向けて踏み出した。

ちょっと進むと、地面は砂浜になった。

宿の下駄を借りてきて良かったと思う。草履では歩けなかっただろう。

ふたりからは死角になっているので、志津の動きは見えていないはずだった。気をつけながら、一度そちらに目を向けたら、会話に夢中になっているせいもあり、案の定こちらには神経が向けられていない。

だが、じっと志津を見る目の鋭さを感じることはできた。

木陰で見張っている男から発せられる視線だった。武芸にはそれほど関わりのない志津でも感じることができるのだから、かなりの腕を持っていると思われる。

怖さを感じながらも、志津は進んでいくと、かすかに声が聞えた。

「来るな……」

そう聞こえたような気がして、一度、足を止めた。

だが、ここまで来て、途中で引き返すわけにはいかない。

思い切って、また歩きだすと、また声が聞こえた。

「お前は誰だ……」

耳に聞こえるというよりは、頭のなかに響くような不思議な声だった。

耳のなかに潜り混んでくるようだった。

こんなことがあるのだろうかと思いつつ、足をどんどん、男のほうへと向けていくと、

「やめろといっているのが、聞こえないか」

そういわれた。

しかし、そこで怯《ひる》むような志津ではない。むしろ、どんどん強い気持ちが生まれてきたのだった。

「行きます」

つい、答えてしまった。ただ囁いただけだから、その声が相手に届いているかどうかはわからない。それでも、どうしても答えなければいけないと思い込んでしまうなにかがあった。

「しょうがねぇなぁ」

答えが返ってきた。

それで、安心した志津はそのまま、前進することにした。

途中、海風が一度、大きく吹き荒れるように吹いた。それでも、志津は、足を止めずに前に進んだ。

ようやく、男が隠れている松の木の後ろに着いた。

男は顔を見られたくないのか後ろを向いたままだった。どうしてそんな格好をしているのかと、志津は囁いた。すると、

「顔を見られたくない」

と答えが聞こえた。

「お前は誰だ」

ほとんど唇を動かさずに喋っているようだった。

「そんなことを訊くならあなたからいうのが筋です」

「……鼻っ柱が強いな」

「褒めてもらったと思っておきます」

「ふん」

男は真正面を向きながら、話しかけているが、やはり表情は動かない。まるで、死

人と話をしているような思いである。

「あのふたりを見張っているのですね」

「それは、お前だろう」

「訊いてるのは、私です」

宿に来た目的を忘れてしまうほど、志津はしっかり受け答えをしている。そんな自分に驚きもしているのだが、目の前の侍とも遊び人とも、町人とも思えぬ男の正体をつきとめることに、力を注いでいる。

「武家奉公をしているな」

男が訊いた。

「ですから、私の質問に答えてください」

「その義務はない」

「あります。あなたが私をこちらに呼んだのですから」

「それは違う、来るなといった」

「来るなということは、私の興味を引くためではありませんか?」

志津は食い下がる。最初、心配していた剣呑な雰囲気はないことが、そこまで大胆にさせているのかもしれなかった。

「まぁいい。とにかく、ここから宿に戻るんだ」

「あら、私がどこの宿に泊まっているのか、知っているのですね」

「………」

「ということは、あなたも同じ宿にいるということになります」

「そんなことはどうでも良い。早く帰れ」

「あのふたりは何者です」

「そんなことを心配するより、自分の足下を見ろ」

「大きなお世話です」

「馬鹿者！」

　男は、懐から小さな刃物を出して、志津の足下に向けて投げつけた。あっと、志津の体が硬くなる。まさか命を狙ってくるとは思っていなかったからだが……。

「見ろ……」

　男が地面を指さすと、そこに蛇がのたうち回っている。蛇の体には、さきほど打った刃物が突き刺さっていたのだ。

「とにかく、ここから離れろ。悪いことはいわぬ」

「その語り口調は、武家ですね」

「しつこいおなごだ……」

「それが取り柄ですから」

「男に嫌われるぞ。あぁ、おらぬかそのような相手は」

「います！」

思わず、大きな声を上げてしまった。しっと、男は慌てて、周囲を見回した。

「あのふたりのことを、教えてください」

「どうしてだ」

「私の主人が、調べているからです」

「はあ、そういうことか」

どうやら、由布姫が十手を持たされていることを知っているらしい。志津の顔をじっと見つめているのは、そのためだろう。

「では、教えてやろう。あのふたりは、盗賊の頭とその手下だ」

「まぁ……」

意外な答えだった。

「では、あなたは密偵かなにかですか」

「そんなことは、気にするな」

「気にします。あの者たちが、盗賊だとしたら、それを見張っている者を町方と思うのは、普通の考えでしょう」

「やかましい。はやく行け」

静かにいうと、そのまま動き始めた。どうしたのかと思い男の目を見ると、ふたり組のほうに向けられていた。ふたりが動き始めたのだ。内密の会談が終わったのだろうか。

それ以上、ここにいる理由も志津にはなくなった。男と後で会う約束を取り付けたらそれでいい。

「私は、離れにいますから、待ってます」

「それは、誘いか」

「馬鹿なことを言わずに、来てください」

「理由がない」

「……でも、あなたさまは、来ます。そう思います」

それだけ告げて志津はそこから離れた。

七

その日の夜。

由布姫と志津は、昼の出来事をお互い、告げていた。

その結果、由布姫のほうは、それほど目ぼしい答えを聞き出すことはできなかった、と悔やんでいる。わかったことは、金二郎から逃げたい、それだけの想いで、ここまで逃げてきたと話すと、お路は泣きだしてしまった。

孝太郎はお路を慰めることに専念して、由布姫の質問に答えるどころではなくなったのだ。そこが、弥市のような本物の岡っ引きと、異なるところだろう、と自分でも情けない。

金二郎は、お路に懸想をしただけで、それ以上でも以下でもなかったらしい。だが、お路は、孝太郎と懇ろになってしまっていた。だから、縁談が起きたときに孝太郎に相談をして、ふたりで逃げてしまおうと計画した、というのである。

それが本当のことなのか、口からでまかせか、それはまた弥市に連絡をつけて、調べてもらうしかないだろう。

とりあえず、いままでに起きたことは、千太郎にすべて連絡をつけている。なにか導かれることがあったら、教えてくれと文に書いておいた。そのうち、その返答もくることだろう。そうしたら、解決の糸口が見えてくるかもしれない。

由布姫は、お路と孝太郎にこの宿からどこにも行かないように、と念を押すことだけは忘れなかった。

由布姫は、どことなく顔が沈んでいる。

「どうしました」

志津が問うと、自分はもっとやれると思っていた、と唇を嚙み締める。

志津は由布姫の顔を見つめた。いくらじゃじゃ馬といわれていても、事件の探索には千太郎がそばについていた。だから、いままではすんなりと事件の謎解きができていたのだ。

それをいうのは、酷《こく》だろう。

「では、私のほうの話をしましょうか」

志津の言葉に由布姫は驚く。

なにをしていたのだ、という目つきで志津を睨む。心配の目だ。志津は、すみません、と頭を下げながら、

「今日は気分が良かったので、外に出かけてみたのです。おみつさんには、きちんと報せています」

「そうだったの」

「海辺で、おかしな男に会いました」

「ふたり組ではなくて？」

「はい、そいつらを見張っている男と会ったのです」

名前は知らない、と答えると、

「信用できるのですか、その者は」

「おそらくは大丈夫だと思います。ただ……」

「ただ？」

志津の言葉に由布姫が、心配そうに窺う。

「そろそろ来るのではないかと思うのですが……」

「まさか、ここに呼んだと？」

そんな危険なことをしたとは、由布姫は夢にも思っていないから、頷いた志津の顔をじっと見つめて、

「なんと、無謀なことを」

「確かにそう考えましたが、でも、あの者の持ってる居住まいに、そんな思いをさせられてしまいました。いま考えてみたら、なんてことをしてしまったのかと思っています……」

申し訳ない、という目つきで由布姫を見つめた。

「すでにやってしまったことは、仕方ありません。部屋を変わりましょう。その者がどのような者かわかってから、また話を聞いても、遅くはない」

「はい」

素直に志津は、由布姫の言葉に頷いた。

そのとき、がらりと障子戸が開いた。

「誰ですか？」

志津が声を出そうとしたとき、開いた戸からなかに入ってくる三人の姿が見えた。全員黒覆面を被っているために、顔は見えない。ひと言も余計な口をきかずにいるので、声を確かめることもできない。

由布姫が咄嗟に立ち上がって、志津を守ろうとしたが、それは最初から織り込み済みだったらしい。由布姫の前に立ち塞がった男が、どんと由布姫の鳩尾《みぞおち》に、拳を打ち込んだ。

思わず、由布姫はその場に倒れてしまう。

志津が、逃げようとしたが、ひとりの覆面に羽交い締めにされてしまい、それから逃げることができなかった。

結局、ふたりは三人の男たちに捕まってしまったのだ。

どうしてこんなことになるのか、志津は、なにがなんだか、想像もつかずにいる。自分がこの宿にいると教えてしまったことで、ここがばれてしまったのだろう。まさにこれから崖上から海へ飛び込みそうな顔になっている。

由布姫は、当て身を喰らってその場に倒れたままだ。

声をかけてみたが、返事はない。

襲ってきた連中は、じっと由布姫の顔を確かめると、こやつだな、と会話を目で交わしていることに気がついた。自分より由布姫を襲うことが目的だったらしい。

だが、ここにいるのは、誰も知らないはず。となると、やはり昼、砂浜であった男が怪しい。

志津は、三人組のなかに、昼の男がいるかどうか、探ってみることにした。

「そんな格好をしても、体つきは変えることはできませんよ」

だが、誰も言葉を喋らない。声を聞かれるからだろう。

志津はなおも、かまをかけてみることにした。

「もうひとついっておきましょうか。体から出る男の匂いは、消せませんからね。すぐわかりますよ」

それでも、誰も声を出さず、志津に近寄って来る者もいなかった。志津の作戦は、失敗のようだった。

じっとしていると、ひとりが志津の前に進み出て、

「お前は、どうしてこの女目明しと一緒にいるのだ」

「答える必要はありません」

「ふん……相変わらず、鼻っ柱だけは変わらぬな」

「……なるほど、あなたが昼の侍ですね。そんな格好をしても、その声は隠せませんよ」

「隠す気など最初からないさ」

「誰かが、廊下にはいたはずですが、どうしました」

離れだからといって、女中がひとりもいないはずはない。ここまで来る間に、誰かに見つかっているはずだ。だが、覆面は、

「いまごろ、海のなかで眠る気分になっているだろうよ。心配はいらぬ。殺したわけではない。納戸《なんど》のなかで眠っているだけだ」

「それなら安心ですが、でも、どうして私たちを襲ったのです」

「自分の心に訊いて見るといい」

「それがわかれば訊いていません」

「では、教えよう。そこに眠っている女が、岡っ引きをやっているからだ」

「ということは、あなたたちは、やましいことがあるということですね。もっともそれでなければ、そんな覆面など、被っていないでしょうが」

「まぁ、そんなところだな」

志津は、しばらくじっとその男の顔を見ていた。覆面をしているが、顔の輪郭から、昼の男だと確信することができた。

だとしたら、疑問が生まれてくる。あのふたりを見張っていたのは、なぜか？　また、一緒にいるほかのふたりは、どんな仲間なのか。

「あなたたちは、昼、松原にいたかたたちですか？」

志津は、戸の前に立つふたりに思い切って訊いてみた。

「しょうがないから、正体を明かすことにしよう」

そういって、覆面を取った顔は、やはり昼の顔であった。そして、残りのふたりもやはり、砂浜で見た二人組ではないか。

「あなたたちは、仲間だったのですか？」

「意外そうな顔をしているが、そのとおりだ」

「ならば、どうして、昼はあんなところで、ふたりを見張っていたのです」

「間違っては困る、あれは見張っていたのではない。怪しい奴が寄ってこないかどうかを見ていたのだ」

すっかり志津は、この男に騙されてしまったということになる。

志津は、自分のおっちょこちょいぶりに、呆れてしまった。

そんな雰囲気が顔に出たのだろう、覆面を取った男の目が皮肉に笑った。

「あなたたちは何者です」

「いい問いだ。おれたちは盗賊だよ。だから、昼に答えたことは嘘ではなかったということになる。どうだ、正直者であろう」

「よく、そんな冗談がいえますねぇ」

男は含み笑いをしながら、戸口に立っている男に目を送った。体の大きなほうが志津に近づいてきて、

「なにが目的で、この宿にやって来たのだ」

低い声で訊いた。

「私の療養です。病気には見えないかもしれませんが。本当です」

「……では、そこに寝ているおなごはなんだ」

「私の付添です」

自分のほうが身分が高いように見せた。そうしておかないと、由布姫の命が危険にさらされてしまう。それは、避けねばならない。もし、危険な者たちなら、自分が犠牲にならなければいけない。

「では、どうして、この女が十手を預かることになったのだ？」

「その過程は私は知りません。なにか、間違いでもあったのでしょう」

志津は、それについては、本当に知らない。由布姫からも、ただ、自分が事件を調べることになったという話を聞いただけである。だから、詳しいことは知らないのだ。

と、そのとき由布姫がいきなり立ち上がった。

覆面のひとりに当て身を当て、崩れ落ちさせた。

驚いていると、由布姫は立ち上がり、

「いつまでも眠っていると思ったら大間違いですよ」

裾を直しながら、叫んでいた。

八

思わず姫さまと呼びそうになって、志津は口を閉じた。由布姫はにこりと笑みを浮かべて、志津にさぁ逃げるのです、と手を出す。志津はすぐ、戸前に目をやると、ふたりの男がぎらりと長脇差を光らせていた。

「ふん、生兵法《なまびょうほう》は怪我の基だ」

頭目と見られる男が、呟いた。由布姫は、その男の前に立って、

「あなたが万造で、そちらは富士太ですね。どきなさい」

「ふん、宿帳を見たか、……」

「そちらで倒れているのは、なんて名前です」

「教える義理はないが、まぁ、ことのついでだ。浩吉郎《こうきちろう》という名だ」

「元は侍ですね」

由布姫は、少し前から気がついていたのだろう。だから、侍言葉を使っていることを知っているに違いない。

万造がじりじりと、由布姫と志津の前に進んできた。

倒れていた浩吉郎が、唸りながら起きて、刀を抜いた。かなりの腕を持っているように見えた。腰の構えが違うのだ。

浩吉郎は由布姫が相手になる、と目配せを送ってきたが、三人を相手にするのは、無理だと思われた。

これは、困ったことになった……。

志津が、なんとか逃げ道を探そうとしていると、また戸が開いて、埃っぽい匂いをさせた侍が飛び込んできた。

「志津さん！」

真っ赤な顔をしたその侍はなんと市之丞！

「市之丞さま！　どうしてここへ」

うれしさよりも、疑問が先に立ってしまった。

市之丞は、すっくと由布姫の前に立ち、

「雪さん、ここは私が。早く志津さんを連れて逃げてください」

「市之丞……よく来ました」

その目は、千太郎はどうしているのだ、と問いかけている。だが、そこまで市之丞に通じない。早く逃げろと目が叫んでいる。

瞬間、由布姫の動きは速かった。さっと、立っている場所から動くと、志津の手を取り、さぁ行きますよ、と叫んで、

「どきなさい！」

敵の体の小さな富士太のほうに向かって、飛び込んでいく。そちらのほうが、御《ぎょ》しやすいと思ったからだろう。だが、後ろから浩吉郎が来ていることを忘れていた。あっという間もなく、由布姫は後ろから羽交い締めにされてしまった。志津がなんとかしようとしても、太刀打ちできない。

そこに市之丞が、飛び込んでいく。

組み合いになって部屋のなかを転がりだした。

残りのふたりが束になって、由布姫にかかってきた。ひとりずつならなんとかなるだろうが、一度にふたりとなると、不利なのは当然である。志津は、体がまだ万全ではない。すでに息が上がって、はぁはぁと苦しい。

市之丞が早く逃げろと叫んでいるが、なかなか思うようにはいかないのだ。由布姫が富士太を倒し、万造と対峙しているときに、また、がらりと障子戸が開き、侍が入ってきた。千太郎だった。

「千太郎さま！」

思わず、由布姫は名前を呼んでいた。

「はい。助けに来ましたよ」

こんなときでも千太郎の言葉はのんびりしている。いつもならいらいらさせられるのだが、いまだけは、そののんびりぶりが嬉しかった。

「そろそろ観念したらどうだな」

千太郎が、万造に向かって問いかけた。その声音を聞いただけで、さらに安心感が高まった。由布姫は、勇気が湧いてきたらしい。

「こうしてやる！」

万造のそばまで走り寄っていくと、かかとで、万造の足の甲を踏んづけた。

「う……このあま！」

「まぁ、思いの外汚い言葉を使うのですねぇ」

由布姫の声も落ち着きを取り戻していた。

千太郎に目を向け、にんまりとする。

「どうして、こんなことになったのだ？」

千太郎が問うが、万造はなにも答えない。そのとき、廊下で音がした。戸が開くとおみつの顔が見えた。そのとなりで仏頂面をしているのは、孝太郎だった。

孝太郎の顔が見えたときに、万造の顔に変化が生まれた。

「この裏切り者め！」

それまで千太郎に対峙《たいじ》していた体を、孝太郎のほうに向けた。

ふたりは知り合いだったのだ。由布姫は、どんな関係なのかと首を傾げるが、千太郎はどうやら、それを知っていて、ここに戻ってきたようだった。

「やはり、そんなところだったか」

千太郎が、謎解きを始める。

「お前たちは、元盗賊仲間だな」

「…………」

「答えないということは、間違っていないということだ。それに、いまの言葉から、孝太郎はどうやら仲間たちを裏切って、なにかしたらしい。おそらく、盗んだ金を持ち逃げでもしたのだろう。そこで、お前たちは、孝太郎を探していた。孝太郎は、お路と懇ろになって、都合よく、駆け落ちをすることができた。だが、女のほうは心中をするつもりだった……」

男は、千太郎の言葉をじっと聞いている。否定しないのは、その推量に間違いがないからだろう。

「孝太郎の動きを見張っていたお前たちは追いかけてここまで来た。そして見張っていたのだが、問題が起きた。孝太郎たちの怪我だ。お前たちが襲ったのか？」

「違う」

「なるほど、やはり、あれは狂言だったのだな。そうすることで岡っ引きの目が向けられるから、お前たちの凶刃から逃げることができるというわけだ」

「どこで、そんなことを知ったのだ」

「なに、文をもらっていたからな、そこから推理したら容易に真相が見えたのだよ。どうだ、頭がいいだろう」

「ふん……なにを自画自賛など」

「あまり周りから頭がいいといってもらえないからなぁ」

「お前は、何者？」

「うん？　私か？　私は、世の中の悪を目利きする者だ」

「悪の目利きだと？　なにをしゃれたことを。そんな気分はいつまでも続きはしないのが、世の相場だ！」

万造は長脇差を腰だまりにくっつけて、千太郎に突進した。

「おっと、喧嘩は慣れているようだが、そんな腕では私に勝てるわけがないぞ」

すっと体をずらすと、そのまま腕を前に延ばした。それだけで、相手の体が沈んでしまった。どんな術を使ったのか、周りには見えないだろうが、由布姫にはしっかり見えている。千太郎の手刀が、首を瞬時に叩いたのだ。そこは、急所だった。

富士太は、おろおろしている。仲間ふたりが倒れてしまったのだ、どうしたらいいのかわからぬという目つきで、千太郎を見つめている。

「どうだ、もうやめたほうがいいだろう。逃げることも、叶わぬぞ」

「くそ。てめぇなんざ本気になったら、すぐだぜ」

威勢だけはいい。

「まぁ、いいだろう。そこに直れ。怪我をしても詰まらぬからな」

「やかましい！」

大人しくしているのかと思ったら、違った。長脇差を上段に持ち上げるとそのまま、突進した。

千太郎は、すぐ当て身は使わなかった。

「やめろというのに。その若い体を無駄に使うのはもったいないぞ。もっと新田開発などに使ったほうが世のため人のためではないか」

に、後ろから首筋に、手刀を当てた。
く、若い男には千太郎の姿が消えたように見えただろう。きょとんとしているところ
千太郎は、すすすっとミズスマシのように前進すると、さっと左に飛んだ。おそら
「聞く耳はないか。それなら仕方がない」
「うるせぇ！」

翌日——。

盗人たちは土地の岡っ引き、篠二郎がやって来て、連れて行った。

可哀想なのはお路である。

孝太郎が盗人の一味だったとはまったく知らずにいたからだ。それにもまして、自分への気持ちは、嘘だったのかもしれない、と思わざるを得ない。

孝太郎は店ではよく働くように見えていたという。雇ってくれといって店にやって来たのは、いまから三年前のこと。ある店の若旦那なのだが、修行をしたいから、といって、いきなり店を訪ねてきたというのだ。

そんな者を普通は雇わないのだが、孝太郎は、支度金としてこれを、と五百両の金《きん》子《す》を預けたという。本来ならやることが反対だ。だが、資金繰りに困っていたお路の

父親、同太郎《どうたろう》は、その金額に目がくらみ、孝太郎を雇うことにした。

まさか、その金が盗賊をやったときの分け前だったとは、いや、仲間を裏切って、逃げてきたとは、誰も知る由《よし》もない。

普通なら、眉に唾をするような話だ、と千太郎と由布姫は笑ったが、同太郎にしてみたら、不渡りを出そうというときだったから、渡りに舟だったのだろう。いまになって考えてみたら、孝太郎は、そんな店の内実も調べていたと思える。それでなければ、都合よく店に来るわけがない。

その事実を知ったお路は、嘆息するしかない。

「とんでもない湯治になりましたねぇ」

由布姫が、千太郎のそばに寄る。

「まぁ、それでも志津にしてみたら、市之丞と会えたのだから、これからは湯治を楽しめるであろうよ」

「そうですねぇ。本当いうと、私一人だけが居残りになって、寂しかったのでございますよ」

「それは、失礼いたした」

当分は自分もこの宿にいる、と目で訴えている。

ふたりの目がじっと交わされ、由布姫の体が千太郎に近づいたとき、

「若殿！」

がらりと障子戸が開いて、市之丞が大股で入ってきた。

慌てて、由布姫の体が千太郎から離れる。そんな雰囲気にもまったく気がつかない市之丞は、どんと千太郎の前に座って、

「今回はまことにありがたく……」

いつまでも、長々と礼を語り続けているのだった。

由布姫の顔は、どんどん不機嫌になっていく……。

「せっかくのふたりだけだったのに……」

目は、そう語っていた。

第四話　赤とんぼ

一

秋も深まった江戸の深夜の空気は冷えている。

そんなときでも、酔っぱらいは元気だ。

少々の冷えなどは、まったく関係ないとばかりに、上野広小路の通りを歩いていく。

その男の名前は、武蔵屋小右衛門《むさしやこえもん》といって、上野広小路に太物屋《ふとものや》を出している大店の旦那だった。

近頃、大きな取引先が決まったとかで、なにしろ羽振りのいい旦那だと、評判を取っている。

それに、人情旦那とも知られていて、近所でも評判のいい男だった。

だが、今日だけはその身なりはちょっとおかしかった。

いつも着ている高級な羽織などではない。

どういうわけか、黒っぽい服装をしているのだ。他人に自分がいることを知られたくないというような風情《ふぜい》だった。

もっとも、真っ暗なので、そこまで見ている者はいない。

最初こそ酔っているような格好で歩いていたが、いまはそうではない。しっかりした足取りに変わっているのだった。

さっきまで出ていた月は、雲に隠れてしまったのか、通りを照らす明かりは、常夜灯だけになっている。だが、これだけ暗いとそんな明かりはほとんど役に立たないといっていい。

それほどの暗闇だったのである。

大店が並んでいる通りも、いまは大戸が閉まっているので、冷たい店の雰囲気が並んでいるだけだ。黒々とした店の造りが並ぶその景色は、昼のそれとはまったく異なり、どこか不気味な雰囲気を醸し出している。

提灯も持たずに、小右衛門は知った道なのかすたすたと迷わずに進んでいく。

やがて路地に入っていった。

すると、そのあたりはどんどん暗くなる。

それでも小右衛門の足は迷わない。

さらに、路地を曲がった。

木戸を通ったわけではないから、長屋に入ったのでもない。

そこは突き当たりになっていた。

誰もいないと思われた場所には、ふたりの男女がいた。驚いた男が、持っていた匕《あい》首《くち》を取り出した。

小右衛門も懐から匕首を出して、ふたりに襲い掛かっていったではないか。

相手が自分に向かってくるのを見て、

「静かにしろ！」

思わず叫んでいた。

だが、相手の男は、返事もせずに小右衛門を刺し殺してしまったのである。

死体を見た男は、女に頼んで近所の自身番まで走ってもらった。

襲ってきたのは、相手なのだから、これは身を守るためにやったことだとしっかり伝えてくれ、と頼んだ。

女は恐怖に怯えながらも、男の頼みを聞いて自身番まで走った。

来たのは弥市だった。

山之宿から近いということで呼ばれたらしい。

深夜に殺しがあるなど、あまりないことである。しかも、殺されたのが弥市も知っている武蔵屋小右衛門と聞いて、じっとしているわけにはいかない。

おっとり刀で到着した弥市は、現場を見て、これは確かにおかしな殺人事件だと感じた。

なんと旦那は顔にほっかむりをしていたのだ。大体、どうしてこんなところにいたのか、それも不審である。それだけではない、強盗の真似事をしたこと自体おかしい。

商売がうまくいっていないとしたら、それなりの理由があると思えるが、武蔵屋は順調である。強盗をしてまで金銭を集めなければいけないとは聞いていない。

そんなことなら、噂が入っているはずだった。

「刺したのはおめぇさんだな」

若い男が頷いた。

提灯で顔を照らすと、唇がブルブルと震えている。

それもそうだろう、いくら身を守るためとしても、人を刺してしまったのだ、冷静になっていろというほうが無理というものだ。

自身番に伝えに行った女は、しゃがんだまま立つことができずにいる。目の前で起きた出来事を受け止めることができずにいるのだろう。それも当然のことだった。

「ふたりの名前と住まいを聞いておこうか」

弥市は、男女に話しかけた。

男は山下で屋台を引いている。名を富蔵《とみぞう》といった。引いている屋台は立ち飲みの店で、てんぷらや、菜飯などを出していると答えた。

女はお安《やす》といい、浅草奥山で志の家という水茶屋の看板娘のようだった。

ふたりは、恋仲でお互い夜までする仕事を持っているために、なかなか会うことができない。そこで今日は久々にここで逢引きをしていた、と答えた。

ふたりの返答に矛盾はなかった。

弥市は、今日のところは帰っていいとふたりに告げた。

こんな深夜では、調べをするのも大変だ。なにしろ、周囲は真っ暗なのだ。これでは現場を検証することもできない。

ふたりは礼をいって、その場から離れていった。

その後、現場をなんとなく、弥市は調べてみた。

提灯の明かりだけでは、それほど効果があるとは思えなかったが、なにか、旦那の落とし物でもあれば、手がかりになると思ったのだ。

だが、目ぼしいものは見つからなかった。

「この暗さじゃしょうがねぇ」

ひとりごちながら、弥市は現場から離れるしかなかった。

二

上野山下の片岡屋は、騒然となっていた。

事件ではない。

掃除をしているのである。どうしてこんな時期に掃除などやるのか、年末になってからでもいいではないかと千太郎は、不服を言ったのだが、

「年末は、金がなくなったり、借金の払いなどで、店は忙しくなる。だからいまのうちに、先にすませておくのです」

と治右衛門は、その鉤鼻を蠢かせた。

使用人たちはまた主人の気まぐれだと諦めてしまっている。逆らったところで、ど

んな意味もない。

結局は、やらされてしまうのだ。だったら、とっとと終わらせてしまったほうがいい。

千太郎だけは、こんな時期にと文句を言い続けている。

由布姫までが手伝わされているのだから、治右衛門、恐るべしである。

「まったく、まだ暑いではないか」

「そんなことはありませんよ。もう秋です。それもかなり深まっているではありませんか」

拭き掃除をやりながら、由布姫が千太郎の背中を押す。一緒になって離れまで続く廊下の拭き掃除をしているのだ。

庭から見えるすすきはとっくに開ききって、柿の色が赤くなり赤とんぼの姿が、あちこちに見られる。

「秋なのは、知っている」

「では、暑くありません」

「秋だろうが夏だろうが、冬だろうが暑いときは暑いのが、人情ではないか」

「人情で、暑さを感じるわけではありませんよ」

「それは屁理屈だ」

「屁理屈はどちらですか」

呆れ顔をしながら、由布姫は前掛けで、濡れた手を拭いた。

そこに、ドタドタと床を蹴立てて、こちらに向かってくる音がした。

「あれは、弥市親分だ」

千太郎が、救われたという顔をする。

「事件だったら困る。私は部屋に戻る」

「まだ、終わっていませんよ！」

由布姫の声を無視して千太郎は、離れに戻ってしまった。使っていた雑巾は投げ捨ててしまった。

由布姫はそれを拾って、

「まったくこんなときくらいは、しっかり手伝ってくれたっていいでしょうに」

目が三角になっている。

千太郎が廊下を歩きながら、後ろを振り返ったのは、少しくらいは、後ろめたさがあるからだろう。だが、そんな気持ちは弥市の顔を見て、吹っ飛んでしまった。

それだけ、弥市の顔つきは、真剣だったのである。

「どうした親分」

「へぇ……」

「まるで、五重塔にくじらが登ったような顔をしているぞ」

「そんな事件は起きていませんがね」

「たとえではないか」

「それは知ってます」

「では、なんだ」

「それが、どうにも腑に落ちねぇ事件が起きました」

「待ってたぞ」

「へぇ？」

「途中ここまで来る間に気がついたであろう？」

「あぁ、大掃除ですかい」

「そんなことをやってる暇はないのだ」

「どうしてです？」

「親分が持ち込んだ事件を解決する仕事がある」

「……はぁ。でも旦那の仕事は目利きでは？」

「それもある」

「忙しいのでしたら、けっこうですが」

「馬鹿者」

「冗談でさぁ」

「早く申せ」

へぇ、といいながら、事件とは別なことを訊いた。

「市之丞さんと志津さんは、まだ湯治から戻っていないんですかい？」

「まだ向こうにおる。いまごろは楽しく会話をしているであろうよ」

「いつまで、行ってるんです？」

「事件になにか関わりがあるのか？」

「いえ、そんなことはありませんがね。なんとなく気になりまして」

「私がいま気になっているのは、どんなことかわかるか」

「……さぁ？」

「惚けるのなら、さっさと帰っていいぞ。いや、掃除の手伝いをさせようか」

「へぇ、それはご勘弁を」

「そんなにせっつかなくてもいいじゃありませんか」

「ならば、早く」

「早くせねば、雪さんが来てしまう」

わかりました、と十手を取り出し磨きながら、深夜に武蔵屋の旦那が刺された、と事件のあらましを話す。

千太郎は、ほう、とか、なるほどとかいいながら、じっと聞いていたが、

「そんな刻限にその旦那はなにをしていたのだ？　店の者は知らぬのか」

「へぇ、ちょっとここに来る間に、寄ってきたんですが誰も知らないと、みんな驚いていました」

「御内儀はどうしていたのだ」

「それが、小右衛門の旦那はまだ独り者でして」

「……歳は幾つだ」

「確か、今年で四十になろうかと」

「ふむ……」

江戸の男はなかなか祝言を挙げるのが難しい。男より女の数が少ないからだ。四十になっても、独り者という話は珍しくない。

「だとしたら、女を漁《あさ》っていたということはないか」

「漁るなんて、そんなことをするような旦那ではありません」

弥市は、武蔵屋はよく知っている、と答えた。

「なるほど……縄張り内で起きた事件だ。張り切るのは当然だな」

「まぁ、そんなところです」

「では、まずは現場を見てみようか」

「出張《でば》ってくれますかい」

当然だという顔をしながら、千太郎は立ち上がった。本当のところは、早く掃除から逃げ出したいのだろう、と弥市はにやつきながら後を追っていく。

三

片岡屋を出た千太郎が向かったのは、武蔵屋だった。弥市は、刺した男のほうに先に会ったほうがいいのではないかと訊いたが、

「この事件は、殺された者が鍵を握っている」

と、小右衛門を調べるほうが先だと答えた。

確かに殺され方におかしな節《ふし》があるのは否めない。あんな刻限になにをしていたのか、それが解けなければ、事件の裏を読むことはできないかもしれない。それは弥市も同じ考えである。

三つの橋が鉤《かぎ》型になって交わっているから、三橋《みはし》と呼ぶ。

そのすぐそばに、武蔵屋があった。

間口八間、奥行き十二間だから、大店の部類だろう。

使用人も十人以上いて、商売も順調にいっている。

仕入れなどに失敗したという話も聞いたことはない。

順風満帆なのに、どうして強盗などしたのか。

「……店の者を集めよ」

千太郎の一言で、弥市は奉公人全員を集めた。

事件が起きてから、店は臨時休業になっているから、全員が出ているわけではないが、主だった使用人は店に集まって、今後の善後策を話し合っていたのだ。

店に出ていたのは全員で七人だった。ほかの者たちは、通《かよ》いだから、呼ばなければいけない。

千太郎は、いまいる者だけでよい、と通いの連中を呼ぶことはなかった。

広間に集まった使用人のなかで、弥市に応対していたのは、一番番頭の洋右衛門《ようえもん》だった。四十五歳になっているが、やはり独身である。

近所の長屋に住んでいるのだが、店がこんなときだから、と先頭に立って使用人たちをまとめている。

ほかの者たちは、店の内実に関して詳しくはない。二番番頭の、亀助《かめすけ》という者がかろうじて、洋右衛門の言葉が足りない部分を補っているだけだった。

「昨夜、旦那がどこに行くのか知っていた者はおらぬのか」

念のためと千太郎が問う。

だが、全員首を左右に振るだけだ。

「普段から、小右衛門は、そのような振る舞いをするのか」

その問いに答えるのは、洋右衛門である。

「いえ、そのようなことはありません。どこか出かけるときには、必ず、出先を教えてから行きました」

「深夜はどうだ」

「はい。夜は、たいてい……」

そういって、二番番頭に視線を送る。

「はい、私がお供を言いつかる場合が多かったように思います」

亀助が答える。

「それは、なにか理由があるのか」

「いえ、単に私が、飲んべぇだからです」

店のなかで飲むのは、自分だけだと亀助は答えた。

手代たちが夜中に出るのは、禁じられているというのである。それだけ、仕事には厳しかったという。

それが、どうしてあんな刻限に奥山などに行ったのか。しかも、黒っぽい衣服で、顔にほっかむりまでしていたのだ。

その格好を見るだけでは、強盗をやろうとしていたことは間違いないだろう。

「旦那さんは、あそこで男女が密会していることを知っていたのでしょうか?」

洋右衛門が首を傾げる。その疑問はもっともなことだろう。

「それとも、たまたま町なかで、誰かを襲おうと思っていたら、遭遇したということかもしれぬがなぁ」

弥市の言葉にあまり説得力はない。

「それなら、旦那様を刺したという男女に訊いたほうがいいのではありませんか?」

「なぜだい」

「旦那様がふたりのことを知っていたとしたら、話は変わってきます」

「なるほど」

番頭のいうことはもっともだ。

千太郎は腕を組んだまま、思案しているようだった。こんなときは声をかけると叱られるので、弥市はじっとしていると、

「番頭……」

それまで黙っていた千太郎が、声を出した。

「旦那に近頃変わったことなどはなかったか」

「さぁ……変わったことといわれましても。旦那様はほとんど判で捺《お》したような毎日を送っていましたから」

「誰かが訪ねてきたとか、文が来たとか、あるいは、女狂いを始めたとか」

「そのようなことはまったくありません。もしあれば、私が気がついているはずです」

「そうか」

「ただ……」

「ただ？」

訊いたのは弥市だ。十手を横ちょに置いたのは、みんなに威厳を見せるためだろう。嘘をついたら、ただじゃおかねぇという示唆だった。

洋右衛門は、十手を見ながら、

「以前なら、戻るという刻限には正確に戻って来ていたのですが、近頃はちょくちょく遅くなることがありました」

「ほう、それはどんなときだったかわかるかな」

「それが、不思議なことに、三のつく日に限っていたような」

「ふむ……」

千太郎の目がかすかに光る。

それを見て、弥市は千太郎がなにかを摑みかけたと見た。

しかし、顔見知りの使用人たちの顔を見ても、誰ひとりとして、なにか気がついたという顔をする者はいなかった。

「旦那……」

目をつぶってしまった千太郎に、弥市はどうしますか、と問う。

これ以上、新しい話を聞くことはできないだろう、と踏んだのだ。

「よし……」

組んでいた手をほどき、目を開くと、千太郎は立ち上がった。

「親分、小右衛門を刺した男のところに行ってみよう」

「へぇ」

「おっと、その前に、小右衛門を刺した若い男の名はなんだったかな?」

弥市に確かめる。

「男は、富蔵、女はお安です」

「そのふたりに確かめてみよう。ここの旦那と関わりが本当になかったかどうか、それも大事だ」

「へぇ、では徳に調べさせてみましょう」

「それがいい」

邪魔したなといって、千太郎はその場から去った。

小右衛門を刺した富蔵の住まいは、片岡屋から少々、寛永寺のほうに向かったところにある。

途中の長屋で、木戸の近くに、屋台が置かれてあった。

「近頃は屋台が流行《はや》っているのか？」

千太郎が訊いた。

前回の事件にも屋台を引いている者が出てきたからだろう。

「取り立てて、そんなこともねぇと思いますが、江戸っ子は、食べ物がすぐ出てこねぇと怒りますからねぇ」

「気が短いのだな」

「ささっとなんでも終わらせてぇというのが、江戸っ子の心意気ってものですから」

「なるほど」

千太郎は頷きながら、

「富蔵と、お安は恋仲なのか」

「そのように見えましたが……まぁ、暗いなかでの聞き込みだったので、はっきりとは……でも、あんな刻限にあんな暗いところにいたんですからねぇ。推して知るべし、ってやつでしょう」

「なるほど」

「ただ、気になるといえば気になることがあります」

「なんだ」

「へぇ、あの女が自身番に走ってきたんですが、その間、野郎はひとりでした」

「その間に、なにか画策をしたというのか」

「そんなことはねぇと思いますがねぇ」

「だが、親分がそんなことをいうのはなにか目算があるからではないか」

「へえ……」

弥市は、すこし首をかしげると、

「女が戻ってきたときに、見た者がいるんですがね。死体がほっかむりをしていたのを見て、怪訝な顔をした、というんでさぁ」

「ほう。それは興味深い話だ」

「それを聞いて、男がなにかやったんじゃねぇかと疑ってみたんですが、どうなんでしょう」

「本人に確かめるのが一番だ」

寛永寺の屋根が秋の光に映えている。

どっしりとして、威厳のある佇まいは、さすが、将軍家の菩提寺だ。

実は、徳川家の菩提寺は寛永寺だけではない。芝増上寺も名を連ねている。

将軍家、最初の菩提寺は増上寺であった。

それが、寛永寺も並ぶようになったのは、三代将軍家光《いえみつ》の時代からである。

創建されたときは、将軍家の祈禱寺だったのである。

三代家光は創建した天海に帰依していた。そこで、自分の葬儀は寛永寺でとりおこなうように、との遺言を残したのである。

さらに、家康《いえやす》の遺骸は日光に移すようにとも言い残していた。

そして六代将軍家宣《いえのぶ》の廟が増上寺に造られてからは、寛永寺と増上寺が交代で墓所を造ることになったのである。

だが、八代将軍吉宗《よしむね》以降は、倹約令が敷かれて寛永寺は将軍の墓の数が減っていた。

それでも、その威厳と力は依然大きなものであった。

そんな寛永寺の伽藍《がらん》を眺めながら、千太郎と弥市は表通りを進んだ。

山下方面から三橋の手前のところに、富蔵の長屋はあった。

たいていの長屋では、木戸は長い間使われていて、ほとんど古めかしいのだが、最近建て直されたのだろう、なかなかきれいな木戸が建っていた。

「洒落たところに住んでますぜ」

弥市が、木戸を見ながらいった。

「うちの長屋とは大違いだ」

「ほう、親分のところはもっと汚いのか」

「古い長屋ですからねぇ」

「ならば、嫁でも貰ってもっといいところに引っ越したらどうだな？」

「そんな予定はありません」

「では、探したらいい」

「そんな暇などありません」

「なければ作ればいい」

「そんなことでは、この仕事は勤まりませんよ」

十手を懐から取り出して、掌の上でトントンと叩いた。

そんな会話を交わしながら、ふたりは長屋のなかに入っていく。

暫く進むと、腰高障子に富の文字が書かれた戸があった。そこが富蔵の家だ。

「ここですね」

弥市が、戸をどんどんと叩きながら、ご用の者だと叫んだ。

なかから、眠そうな声が聞こえてきた。

「こんな刻限にもなるのに、寝てやがる」

「昨夜遅くまで起きていたのだろう」

「そうですかねぇ」

ただ、酔っ払っていたのではないか、と弥市の顔は歪んでいる。

千太郎はとにかく話を聞かねばどうにもならない、と富蔵が出てくるのを待っていた。

「なんです？」

眠そうな顔をした富蔵が出てきた。屋台を引くだけあって、体つきはがっちりしている。

「あ……親分さんでしたか」

弥市とわかって、富蔵がばつの悪そうな顔をした。

「昨夜はありがとうございました」

殊勝な顔つきで、富蔵は頭を下げた。

「昨夜のことで、もっと詳しく聞きてぇと思ってな」

「はい、なんなりと」

なかに入れようとしたが、千太郎が、

「どこかその辺で聞いたほうが良くはないか」

要するに、こんな狭いところでは話がまともに聞けないというのだろう。

「わかりやした。すぐそこに、懇意にしている店がありますから」

そちらに、といって、富蔵は外に出てきた。

確かに酒の匂いがプンプンしている。

「昨夜は、お楽しみだったらしいな」

「いや、親分、あんなことが起きたから、飲まずには眠れねぇのです」

「そうか……」

そんな気持ちになることもあるだろう。

「お安といったな、あのときの女は」

「へぇ……」

「その後どうした」

富蔵は少し悲しそうになって、

「それが、あんなことが起きたので、少し会うのを控えようといわれまして」

「それは、災難だったな」

「まぁ、人をひとり刺してしまったのですから、しょうがねぇです」

諦めがいいのか、それとももともとあの女にはそれほど気持ちがなかったのか、しかし富蔵の顔はさばさばしているようには見えない。

よほど、お安に振られたのが堪《こた》えているようだ。それほど、あの女に惚れていたのか、と弥市は富蔵をじっと見つめる。

「親分、なにか？」

「いや、本気でお安に惚れていたらしい、と思ったまでだ」

「もちろんでさぁ」

富蔵は、本気だったと強調した。

千太郎は、さっさと先に歩きだした。

富蔵は慌ててそっちではありません、といって千太郎が進もうとしている反対の方向を指差した。

「おう、そうか」

あっさりと足を反対に向けて、千太郎はまた勝手に進んでいく。しょうがない、という顔をしてから、富蔵は先に立った。弥市は、薄笑いをしながら殿《しんがり》からついて行く。

「行き先は、近いのか」

千太郎が訊いた。

「へぇ、すぐそこです」

弥市の子分とも思えぬ侍に、富蔵はどう対処したらいいのか戸惑っているようだ。

「そんなに硬くなることはない」

「へぇ……」

「私はただの目利きだ。といってもただの目利きではないがな」

「はぁ……」

いきなりそんなことをいわれても、どう答えたらいいのか、面食らったような顔をするだけである。

「悪事の目利きだからな」

「へぇ……」

気持ち悪そうな顔をする富蔵に、

「お安とはどこで会ったのだ」

厳しい声に変わった。富蔵は、ころころ変わる千太郎についてこれないのか、

「はぁ……」

はっきりした返答ができずにいる。

「水茶屋に通っていたのか」

「まぁ、そんなところですが」

「ふむ」

おかしな侍は、それだけ訊いたらまた、黙って歩き続ける。すぐ後ろにいられるのは、なんとなく気持ちが落ち着かない。

やがて、目当ての店が見えてきた。

「あそこの、店です」

富蔵が、先に入っていった。

葦簀張りの茶屋だった。客が表まであふれるような店ではなさそうだった。それでも、店の前はきれいに掃除されていて、清潔な雰囲気が溢れている。茶屋にありがちな、迷惑になるほど大きな声も聞こえてこない。

女が迎えに出てきた。

お安よりも、少し年増に見えるが、目がぱっちりと開いてなかなか愛嬌のある顔をした女だった。

「富さん、今日は早いねぇ」

「あぁ……」

答えてから、後ろを振り返る。

千太郎が、じっと立っていて、その後ろに弥市がいることに女は気がつき、あっという顔をする。

「親分さんも一緒でしたか」

ていねいに、おじぎをした。この界隈で山之宿の親分は、名前も顔も通っているのだ。

「ご用聞きの俺で、悪かったな」

「いえ、そんな意味ではありません」

本来は、そんな皮肉などいう弥市ではないが、こんなときは、突然強面になる。そのほうが、聞き込みがやりやすいのだ。ぐいと睨んだだけで、たいていの者は、畏れ入ってしまう。

「なにか、温かいものでも持ってきてくれ」

富蔵が、女に注文した。

はい、といって奥に下がっていく女を見ながら、

「富蔵といまの女とはどんな関係か?」

いきなり千太郎が、訊いた。

その言葉に、弥市は不思議そうな顔をする。

「さぁ、なにか気になりますんで？」

「ただの仲ではあるまい」

「そうでしょうか」

「女の仕種で、わかるではないか」

「そうですかねぇ、あっしはさっぱりでさぁ」

男と女の関係には、疎《うと》いらしい、と自分で笑った。

四

しばらく会話は途切れた。

途中で、なにかいおうとした弥市だが、じっと待っていると、女が酒を運んできた。

「迎え酒ね」

笑いながら女が富蔵を見つめる。千太郎にいわれて、気をつけて見ると、その目はただの間柄ではないことを示している。

弥市は、また不思議な気がする。お安という女がいたのではなかったのか？

「名はなんという？」

女に千太郎が訊いた。気品のある侍に声をかけられて、女は緊張している。存外、初《うぶ》らしい。

「はい。菊《きく》と申します」

「お菊さんか。なかなかいい名だ」

「ありがとうございます」

ふぬ、と千太郎は例によって、笑みを浮かべる。

その顔に女は騙されてしまう、と弥市は心で呟く。自分にはできない芸当である。

「ところで、富蔵」

それまで二日酔いでダランとしていた富蔵の顔に締りが生まれる。

「へぇ、なんでしょう」

厳しい顔の千太郎に、富蔵の顔は、落ち着きをなくしているように見えた。なにか隠しているのか、と弥市は、返事を待つ。

「お前は、昨日、どうしてあんな暗いところに行ったのだ」

「へっへへ、旦那、それは、まぁ、いわずもがなってやつですよ」

「なんだ、と訊いておる」

しっかり答えろ、と鋭い目で射る。

「へぇ、お安を口説《くど》こうと思っていました」

「なるほど。ここのお菊には内緒だな」

「旦那……野暮《やぼ》なことはいわねぇでくださいよ」

お菊がこちらを心配そうに見ているのだ。話は聞こえていないからいいようなものだろう。

「では、お前は昨夜、あの場所でお安を口説くつもりだったというのだな」

「へぇ、間違いありません」

「では、訊くが……そこに小右衛門が来たのはなぜだ」

「さぁ、まったくあっしには、よくわかりませんです」

「しかし、状況から考えてみても、お前たちがそこにいるのを知っていた、と思えるのだが？」

「あっしと、武蔵屋さんの間には、ほとんど関わりはありません。ですから、どういうことなのか、こちらが訊きてぇくらいです」

富蔵はいかにも混乱している、という風情だ。

なるほど、と千太郎はそれについては、突っ込みはしなかった。

「お安をここに呼んでもよいか」

「それは、ご勘弁を」

富蔵の目は、お菊に向いている。よほど怖いのか、それとも惚れているのか。

「そんな目をするところを見ると、お菊とは将来の約束でもしているのか」

「いえ、そこまではいってませんが、そのうちとは考えています」

「それで、お安を口説くとは不届きな」

「へぇ。つい酔っ払って、出来心です」

「いつもか」

「はい？」

「常に、出来心があるかと訊いておる」

目がどんどん泳ぎだした富蔵は、どう答えたらいいのかわからぬようだ。

「いえ、そんなことはありません」

「なぜ、昨日だけそんな出来心が生まれた」

「けっこう酔っ払っていましたから」

「どこで飲んだのだ」

へぇ、と富蔵はお菊を気にしながら、

「奥山の、さぬき屋という居酒屋です」

「そこで、お安と飲んだのだな」

「へぇ……」

千太郎は、そこまで聞くと、弥市の顔を見た。

その目は、確かめてこいと訴えている。

「ではすぐに」

弥市は、立ち上がった。

「店を知っておるのか」

「あの辺は縄張り内ですから、大体の店は顔なじみになっていますからね。さぬき屋なら、知ってます」

「頼む」

頭を下げる千太郎を後ろに、弥市は店を出ていった。

「では、さらに訊こう。あの場所は以前行ったことがあるのか？」

「いえ、初めてです」

「どうして、そこを選んだ」

「いえ、たまたまでさぁ。口説くには暗いところがいいのは当然のことです」

なるほど、と千太郎は頷きながら、

「しかし、奥山とはけっこう離れているではないか」

「まぁ、あちこちウロウロしたんですよ」

富蔵の返答は、一貫している。

どんなことを訊いても、飲み過ぎたの一点張りでは、千太郎としてもそれ以上、突っ込んで訊いても仕方がない。

「まぁ、いいだろう」

「もう、終わりですかい？」

「弥市親分が戻ってくるまで、ここで世間話でもしていようではないか」

「はぁ……」

世間話といわれても、町方の連れて来た侍が目の前にいたのでは、世間話などできるものではない。だが、それに不服をいうことはできない。

富蔵は諦めたらしい。

静かに、茶碗を持って、酒を口に入れている。

世間話をしようといいながら、千太郎はほとんど口を利かなかった。

富蔵は居心地が悪そうにしているが、千太郎から離れることもできず、お菊と話をすることもできずに、じりじりしているのがみえみえだった。

やがて、弥市が汗を拭き拭き戻ってきた。

「どうであった？」

「富蔵がいうとおり、昨日は、富蔵とお安が一緒に入って来たと親父が答えました」

「ふたりのことを知っているのか」

「へぇ、何度も来ているとのことでしたから」

「ふむ」

となるとその日だけが特別だったとはいえない。口説こうと計画して連れて行ったのだが、あそこはたまたま暗かっただけだ、といわれたら、それで終わってしまう。

「親分……」

「はい？」

まだ額に汗を吹き出させながら、弥市は答えた。

「徳之助の返事を聞きに行こう」

徳之助には、富蔵たちと小右衛門の関わりがないかどうかを調べさせている。その結果を確かめたいという。

弥市は小声で喋ろうとするのだが、千太郎はいつもと変わらぬ声を出すので、すべて、富蔵に筒抜けである。

迷惑そうな目つきで、こちらを見ているが、不服をいうわけにもいかないのだろう、じっとしているしかなさそうだった。お菊を呼んで、酒の追加を頼むくらいが関の山であった。

「では、徳之助をのところに行こう」

千太郎は立ち上がり、お菊に手を振りながら、店を出た。


徳之助は、どうにも腑に落ちない顔をしながら、奥山を歩いている。

さきほど、弥市を見かけたが、面倒なのでやり過ごした。

それより、大事なことがあると思ったからだった。それは、お安がどうして、富蔵とあんなところに行ったのか、それを知りたかったのだ。

頼まれているのは、小右衛門と富蔵との関わりだが、調べていくと小右衛門は、富蔵よりもお安のほうに近づきたそうにしていた節《ふし》があったのだ。

「懸想でもしていたのか？」

それを知りたかった。

お安に直接訊くと、嘘をつかれては困る。

そこで、お安の周辺から洗ってみることにしたのだった。

お安の店は奥山だが、住まいは田原町三丁目《たわらまち》だ。店の客から聞いたことだから、眉《まゆ》唾《つば》なところもあるが、一応は探索してみる価値はあるだろう。

顔を知らなければ、調べにもならない。そこで、一度長屋に間違ったふりをして入っていった。

お安らしき女が、洗濯をしていた。

徳之助は、すたすたとその女の傍に行くと、

「お種《たね》さん！　やっと見つけましたよ！」

わざと名前を間違えて呼んだ。自分を探しに来たと思われたら、面倒なことになるからだった。

「え？」

お安らしき女は、怪訝な目つきで徳之助を見ると、

「わたしは、そのようなかたではありませんが？」

「おや？　よく似てるんだがなぁ」

「私は、お安ともうします……」

「あぁ、違いましたか……やっと見つけたと思ったのに……あぁ、そういえば、ほく

ろがねえなぁ」

「ほくろ？」

「はい。お種さんには泣きぼくろがありましたからね。これは、本当に失礼なことをいたしました」

ていねいに、おじぎをして、井戸端から離れた。

これで、お安の顔はわかった。

評判などは近所で訊いたほうがいいかもしれない。

まずは木戸番から話を聞いてみることにした。

番太郎は、五十過ぎに見える頭がつるつるの男だった。子供向けのおもちゃを売っている。そんなに客が来るものではないのだろう、居眠りしていた。

徳之助は女のほうが楽なんだが、と心で呟きながら、

「この界隈、武蔵屋の旦那が来るようなことはありませんでしたかい？」

「武蔵屋の旦那？」

「へぇ、小右衛門さんです」

「……おめぇさんは？」

「あぁ、すみません。あっしはこういう者でして……」

腹の中に手を突っ込んで、ひょいと手を突き出した。十手がなかに入っているように見えただろう。

番太郎は、はっとしてから、

「……あまり見たことはねぇなぁ」

と答えた。

だいたい、武蔵屋の旦那がこんな場所を歩く用事はねぇ、といいたそうだった。

「そうかい。このあたりに武蔵屋さんが懇意にしている三味線の師匠などはいませんかねぇ」

「そんな粋な女などこのあたりにはいねぇよ。みんな抹香《まっこう》臭ぇ連中ばかりだ」

田原町あたりは、仏具屋が多く並んでいるのだ。

「そうですかい……」

「あぁ、だがなぁ」

「はい？」

「寛永寺から日暮しの裏あたりに、金持ちが集まって、面白い特別な会を開く場所があるとは聞いたことがあるなぁ」

「そんな場所があるんですかい。なにをやっているんです？」

「さぁ、そんな金持ちがやることをこっちが知るわけがねぇ」

「誰に訊けばわかりますかね」

「武蔵屋さんだろう」

なんともいえない、皮肉な顔だった。

五

番太郎から聞いた日暮らしの里の裏で、金持ちがなにかよからぬことをして遊んでいる、という話を知ることができたのは、収穫だったと徳之助はほくそ笑んでいる。

そのような話があれば、そのあたりを縄張りにしてる弥市が知らないはずがない。

そう尋ねると、

「なに、最近入ってきた噂で、ほとんど誰も知らねぇだろうよ」

当然、町方にはばれないように、深く潜っているからなかなか表には出てこねぇよ、と番太郎はいった。

「どうして、親父さんが知っているんです?」

気になって訊いてみると、

「なに、そこの全三郎《ぜんざぶろう》さんから聞いたんだ」

「全三郎さんとは？」

「ほら、そこに煙突が見えるだろう。風呂屋の親父だ」

なるほど、風呂では裸になるからだろう、いろんな話が飛び交っている。番太郎は話を親父の全三郎から聞いたというのだった。

「だが、全三郎はなにも知らねぇよ。その話を湯女《ゆな》に喋っていたのは、寛永寺前にある、山野家という料理屋の手代だ。旦那に連れて行かれて、楽しかったなんてぇことを喋っていたんだと。本当はそんな話は自慢げにいうことじゃねぇのになぁ」

近頃の若いやつは、掟を破る連中ばかりだ、といいたそうだった。

手代に訊いても、もう答えてはくれないだろう。

主人から、叱られているはずだ。口は重くなっているだろう。

となると、思い切って日暮らしの里に行ってみたほうがいい。そんな怪しげなことが起きているとしたら、近所の噂に上がっていないはずがない。水茶屋の女にでも訊いたらなにか、わかるかもしれない。

こんなときこそ、徳之助の特技が役に立つ。

寛永寺の黒々として、威厳のある屋根を右手に望みながら、徳之助は日暮しの里に入っていった。

もっと先に進むと、道灌山があり、まだ虫聴きに散策をする連中が歩いている姿を見ることができる。しらじらとした空の下に、紅葉の海が拡がって見えるが、徳之助はそんな風流とは無縁であった。

もっとも、虫聴きと称してよからぬことをする若い男女もいるだろう。どちらかといえば、徳之助はそちらの類だ。

道灌山や谷中が近いせいか、このあたりには水茶屋が数多く並んでいる。上野広小路や、山下と遜色はないように見えた。

数ある店のなかでも、わりとこぢんまりとした店に徳之助は入っていった。大きくて客が大勢いるような店は、なかなか女が相手をしてくれない。

今日の徳之助の格好は、どこぞの若旦那のようだ。

普段は着ることのない羽織などを羽織って、さっそうと店のなかに足を踏み入れる。

女がすぐ寄ってきて、

「いらっしゃいませ」

注文を取りに来た。

徳之助は、女の気持ちをとろけさせることにかけては、天下一品である。

とびっきりの笑顔で、女の顔をじっと見つめた。

それだけで、女の顔はほんのりと朱を帯びる。弥市が見たら、舌打ちでもすることだろう。

「あのぉ……」

「あぁ、団子と茶をくれないか」

「あ、はい……」

女は、そこを離れるのが、名残り惜しそうである。

「なにか？」

徳之助が訊いた。笑顔はまだ続いている。

「いえ……どこかで会いましたか？」

「いえいえ、今日はじめてですよ」

「そうですか、どこかで見たような気がしたものですから……すみません」

「謝ることはないですよ」

「はい……」

女は、徳之助から離れた。

徳之助の顔がほころぶ。これであの女は、自分が声をかけたらついてくることだろ

う。もっとも、今回は狙いが決まっている。口説くわけではないのだ、と自分に言い聞かせながら、

「あのぉ……」

また、女に声をかけた。

女は、飛ぶような仕種でやって来た。

徳之助は、いかにも内密な話だというように、身をかがめて、

「このあたりに面白い集まりがあると聞いたのですが、知ってますか？」

女は、肩を固くしたが、

「どうしてその話を知っているんです？」

「やはりあるんですね。いえ、武蔵屋の小右衛門さんからお聞きしたのでね」

「……小右衛門さんからですか」

怪訝な目つきをするが、女は徳之助の笑顔にすっかり魅了されている。

「私は知りませんが、ときどきお客さんがひそひそ話をしていることがあります」

「へぇ……やはり、なにか楽しき会合があるんですねぇ」

なんとかそれを知りたい、という顔つきで瞳に力を込める。

女は、逡巡しているようだったが、

「絶対に内緒ですからね。私がばらしたと知れたら殺されてしまいます」

「それは穏やかではないですねぇ」

はい、と女は返事をして、体を徳之助の前にかがめ、耳元で囁いた。

「この先に、斑鳩《いかるが》という寺があります」

「いかるが……」

「はい。そこで、楽しき会合が開かれているという話でした」

「そうですか」

徳之助は、またお安という女を知っているかと問うが、女はさぁと首を傾げるだけだった。詳しくは知らない、という話は本当らしい。徳之助の見立てでは、お安はその会合に出入りしているに違いない。

どんな役目を担っているのか、それを知ることで、武蔵屋が強盗をした裏を解き明かすことができるのではないか？

「ねえさん、名前は？」

「敏《とし》といいます、どうぞご贔屓《ひいき》に」

名前を訊かれて、嬉しそうに答えた。手の汗でも拭いているのだろうか、やたらと前垂れをいじくっている。

「どうです、そこに一緒に行ってみませんか？」

「私が？」

「もちろん、金銭がかかるでしょうからね。それは、私が持ちます」

「はぁ……」

眉をひそめて困り顔をするが、徳之助と一緒なら行ってみたいと悩んでいることは、明白だった。それに、女自身どんなことがおこなわれているのか、それを知りたい、と日頃から思っていた節がある。

徳之助は、わざと押さずに返答を待つ。

ここで、しつこくすると、女は気持ちを翻すことがあるからだ。

しばらく、女はため息をつきながら、考えている様子だったが、

「わかりました……おそらく明日の暮六つ半頃から、人が集まると思います」

「明日とわかるのは？」

「三のつく日に開かれるのです」

「あぁ、なるほど」

明日は、十月の二十三日だった。

「……その話は、このあたりでは誰でもが知っているのですか？」

「さぁ、どうでしょう？」

暗黙の了解があるのではないか、と女は答えた。

それでも、ばらすとなにか危険が自分にかかってくると思っているらしい。

「危険は、私がなんとかしますから、安心を」

「それは、頼もしいですわ」

女は、ようやく笑みを浮かべた。


店を出た徳之助は、その足で山下に向かった。

夕刻の江戸の空は赤い日差しに包まれている。長い影を引きずりながら、徳之助は片岡屋の離れに向かう廊下を歩いた。

途中、由布姫と一緒になった。

「おや、徳之助さん」

「千太郎の旦那はいますかい？」

「さっき、戻ってきましたよ。なにやら難しい顔をしているようですけどね」

薄笑いしながら、由布姫がいった。

「そうですかい。でも、あっしの話を聞いたらきっと機嫌が良くなりますぜ」

「あら、それは楽しみですこと」

座敷に入ると、千太郎は床の間を後ろにして、居眠りをしていた。

「おや、旦那はまだ腰がいてえんですかい？」

「いえ、もうとっくに良くなっているはずですよ」

ただ眠いだけだろう、と由布姫は笑っていると、

「誰が、居眠りをしていると？」

ぎろりと目を開いて、由布姫と徳之助を睨んだ。

「徳之助、その顔はなにかすごいねたを拾ってきたようだな」

弥市は、いまお安と会っていると、千太郎はいいながら、

「どんな宝を拾ってきたのだ」

「へへへ、これは親分でも気がつきませんぜ」

女から聞いたのだから、弥市では無理だといいたいらしい。

千太郎は、苦笑しながら、早く教えろと催促をする。

徳之助は、日暮しの里の水茶屋の女、お敏から聞いた内容を千太郎に告げた。

興味深そうに聞いていた千太郎は、

「それなら、私も行こう」

「もちろん、そのつもりです。剣呑なことになったらあっしは逃げますからね」

「では、私も行きます」

由布姫が膝をにじり寄せる。

そんな楽しそうな場所なら、なにがあっても行く、という顔つきである。

「じゃじゃ馬が暴れたいそうだ」

「はい。そのとおりでございます」

まったく悪びれない由布姫の態度に徳之助は、大笑いしながら、

「これは、いいや。あっしとその女。千太郎の旦那と雪さん。これは、最強の捕物になりそうだ」

三人が、ゲラゲラ笑っているところに、

「なにがそんなに楽しいんです?」

弥市が、汗を拭き拭き座敷に飛び込んできた。

六

蜩のひぐらしではなく、虫の音が聞こえてくる夜。

月明かりの下、遠くに道灌山が黒い塊に見えて不気味である。

そんな通りをヒタヒタと足音を立てるのは、千太郎以下、由布姫、徳之助とそして、茶屋女のお敏だった。

斑鳩寺に行く途中なのだが、まだ暮六つ半を少々過ぎただけというのに、曇っているせいか、提灯の明かりも遠くまでは届かない。足元を照らしているだけで、

「なんだか、お化けでも出そうな雰囲気ですねぇ」

お化け嫌いな徳之助が、呟いた。

弥市は、千太郎に富蔵を摑まえてここに連れて来い、と命じられていた。

どうして、富蔵を連れて来るように千太郎が指示を出したのか、その理由は誰も知らない。

「事件の真相は、奴が握っている」

と千太郎は、例によって自分だけがわかったような言い方をしただけだ。

案内がなくても寺に入ることができるのだろうか、と徳之助は気にしたが、そんなことはなんとかなる、と千太郎は断言する。

お安とその寺、そして武蔵屋小右衛門がどんな関わりだったのか、それさえ判明すれば、事件の裏が見えてくる、と千太郎はいうのだった。

要するに、真相はこの寺でなにがおこなわれているか、そして、そこで武蔵屋とお安が会っていたとしたら、そこから事件の謎解きができる、という千太郎の言葉を信じるだけだ。

由布姫にしても、弥市、徳之助もどうしてそうなるのかよくわからない。

ふたりの関係が判明したからといって、小右衛門が強盗をした理由がはっきりするのだろうか？

斑鳩寺は、道灌山の麓に建っている古い寺だ。

住職は、玄心《げんしん》という者がひとりいるが、檀家がいるのか、それすらはっきりしない不思議な寺として付近でも知られている。

やがて闇のなかに寺の門が見えてきた。

柱が傾いているような、とんでもない門構えだった。

提灯をかざすと、そこだけぼぉっと光が当たり、それこそ亡霊でも出てきそうな雰囲気である。

徳之助は、思わず後ずさる。

「そんなに、臆病でどうする」

千太郎の言葉に、徳之助は答えることができない。

「とにかく、行くぞ」

お敏の手前、あまり臆病風を見せるのもいただけない、と覚悟したか、

「さぁ、お敏ちゃん、行こうか」

お敏は、こんな夜中の寺が怖いとびくびくしている。

そのためか、徳之助が怖がっていることも、あまり気にしてはいないらしい。

境内に入ると、ぼんぼりが下がっていた。

たいした明かりではないが、それだけでもありがたい。提灯の明かりと相まって、けっこう道が見えるようになったからだ。

本堂がぼんやりと見えてきた。

だが、ひとの声は聞こえて来ないし、どこでなにをやっているのかもわからない。

間違っていたのではないか、と徳之助は呟いたが、

「それはありません」

お敏が断言する。

信頼の置ける人から聞いた話だから、というのだった。

「それなら……まずは本堂に行ってみよう」

千太郎の言葉に由布姫は頷いて、ふたりを促した。

本堂までは階段を数段登らなければいけなかった。その階段も木が腐っているような感触が伝わってくる。

こんなところで、なにがあるのだろう、と徳之助は千太郎に話しかけるが、

「そんなことは行ってみなければわからん」

あっさりといわれてしまった。

「お敏ちゃんは、聞いていないのかい？」

「えぇ……なんだか、危ないことだ、とは聞いたことはありますが」

なにが起きているのか、それは知らないという。

「黙ってついてこい」

千太郎が先頭に立って、本堂のなかに足を踏み入れた。

四隅に大きな行灯が置かれてあった。それでも暗さは変わりない。外から月の光は入らないから、余計である。

すると、本尊の裏から影が出てきた。

「わ！」

徳之助とお敏が逃げようとするのを、由布姫がしっかりとふたりの袂を掴んで、止

めた。

「なにか、ご用ですかな」

ぼんぼりを持った住職の格好をした男だった。顔は、暗いためにはっきりしない。頭が丸いから住職だとわかる程度だ。

千太郎が前に出て、

「武蔵屋さんの紹介で来ました」

「ほう……」

住職は、四人を交互に見回しながら、

「では、こちらへ」

武蔵屋の名前はここではかなりな力を持っているらしい。それでなければこんなに簡単に入れてくれることはないだろう。

案内されたのは、本堂から裏に向かったところにある小さな部屋だった。

なかに入ると、人いきれがすごい。

しわぶきひとつ聞こえてこない。そこで、皆はなにをしているのか、千太郎も由布姫もわからない。だが、徳之助だけが、

「あ……これは」

気がついたらしい。

「なんだこれは」

囁き声で、千太郎が訊いた。

客たちの顔は油ぎって、近寄りがたい雰囲気に包まれている。いかにもいかがわしい雰囲気である。

座敷のなかに入るのをためらっていると、突然、

「寺社奉行である！」

神妙にしろという声が、境内から聞こえてきた。

「なに？　お寺社だって？」

徳之助が怪訝な目で千太郎を見つめるが、

「私は知らない」

由布姫を見たが、同じように首を振っている。どうして、寺社奉行がこんなところに姿を見せたのか。四人は顔を見合わせるが、

「逃げろ！」

それまで、じっと座って耳を澄ますような格好をしていた客たちが、一斉に立ち上がって、千太郎たちのほうへ向かってきた。ちょうど逃げ道上にいるからだった。

「どけ！」

恰幅のいいお店の主人ふうの男が、徳之助を突き飛ばした。

続いて痩せた若旦那ふうの男は、一番御《ぎょ》しやすいと見たのだろう、お敏を蹴飛ばして、本堂から外に飛び降りた。

皆、金持ちらしき雰囲気を持つ者ばかりだ。入るときに金子《きんす》は要求されなかったから、後で払う仕組みになっているのだろう。

客たちが見つめていた襖が開かれた。

「あ！　お安！」

徳之助が叫んだ。

しかも襦袢ひとつで、裸同然だったではないか。

「どうして、こんなところで、そんな格好を？」

お安は、千太郎や由布姫の顔は知らないが、徳之助の顔を見て、気がついたらしい。

ぱっと真っ赤な顔をしてから、

「後生《ごしょう》です」

そういって、その場から逃げ出そうとする。

お安が逃げようとしたその後ろに、絵師と思える格好の男が、絵筆を握ったまま、あたふたとしていた。それを見て、千太郎たちはようやく事情を飲み込むことができたのである。

裸の女を手本に、絵師が描くところを公開していたのだろう。だから、危険だが楽しい催しだ、と噂が流れていたに違いない。

武蔵屋は、ここの常連だったのかもしれない。

「とにかくここを逃げましょう」

徳之助が、千太郎と由布姫を外に連れ出そうとしたとき、

「皆！　そこから動くな！」

大きな声と同時に、どやどやと町方とは異なった格好をした寺社の連中が飛び込んできた。

「ここから抜け出すことはあいならん！」

こんなところで捕まるのかと徳之助が思った瞬間、千太郎が先頭に立っている奉行らしき人物の前に行って、なにやら話をしていたと思ったら、

「はん？　なんだいあれは？」

寺社奉行と思われる人物が、かすかに千太郎たちにおじぎをしたように見えた。

「どうなってるんだい」

徳之助が呆然としていると、

「さぁ、行くぞ」

千太郎が徳之助とお敏を促し、四人は悠然とその場から抜け出すことができたのである。


例によって数日後の片岡屋の離れ。

千太郎以下、雪こと由布姫、弥市、徳之助の四人が集まりながら、事件の真相を語り合っていた。

弥市が富蔵を捕縛して白状させたところによると、あの事件は、本来武蔵屋の狂言だったらしい。

武蔵屋は、あの斑鳩寺でおこなわれていたいかがわしい会合の常連であった。

お安は、その手本となる女のひとりで、ほかにも女はふたりいたそうだ。

武蔵屋は、お安の体を見て、独身の気ままな手前、なんとか懇《ねんご》ろになりたいと願った。ところが、お安はどうしてもうんと良い返事はしてくれない。そこで、富蔵に頼んで、連れ出してもらい、富蔵が襲おうとしたところを、小右衛門が救うという手はずになっていたというのだった。

小右衛門と富蔵は、屋台で会ってときどき、話をしていた。そして、一度、富蔵を斑鳩寺に連れて行ったという。

「なんて、ことですか……」

由布姫は、男とはどうしてそう馬鹿なのだ、という顔をしている。

「だけど、どうして富蔵はそんな武蔵屋を殺してしまったのだ」

千太郎が問うと、弥市はへぇ、と頷いた。

「これが馬鹿みてぇな話でして」

ごほんと空咳をしながら、

「富蔵もお安をなんとか自分のものにしたかった。そこに降って湧いたような武蔵屋の申し出。これはいい具合だと考えたそうです」

「ははぁ……自分たちが暴漢に襲われたことにして、お安を助けたという形にしようと考えやがったな」

徳之助が、つばでも吐きそうな言い方をする。

由布姫は、聞いていられない、という目つきで千太郎をなじるように見た。

「そんな目で見られても……」

自分はそんなことはしない、といいたいのだが、途中で言葉を止めた。あまりにも、由布姫の目が三角になりかかっていたからである。こんなとき、よけいなことをいうと、後でどんな目にあうかわからない。

千太郎は、これで一件落着したのだから、いいだろう、と呟いたが、

「待ってください」

徳之助が、まだ話しは残っているという。

「あのとき、寺社が踏み込んできたのは、まぁ、以前から内偵をしていたということでわかりますが」

「なんだい」

訊いたのは、弥市だ。

弥市は、その場にいなかったから、どんな様子で寺社から目こぼしされたのか、それがわからない。徳之助の問《とい》はもっともだと頷いている。

「なんだ、そんなことか」

千太郎は、つまらぬことを訊く、という顔で、

「簡単なことだ」

「教えてくださいよ。今度、あんな目にあったときに逃げる算段を取ることができるかもしれねぇ」

「よし、しっかり聞けよ」

弥市は耳をほじくり、徳之助は鼻を撫でた。

由布姫は、千太郎がどんな言い訳をするのか、じっと見つめている。

「寺社奉行はどんな者がなるか知っておるかな？」

「もちろんでさぁ」

徳之助は三万石以上の大名だ、と答える。

寺社奉行は出世の糸口になる職でもある。そこから奏者番、大目付などへと階段を上がっていくのだ。だから、寺社奉行は、頭脳明晰といわれる大名が就任していたのである。

そんなことを徳之助が披露すると、千太郎は、よく知っていると褒めてから、

「私も同じ大名だから、ここは目こぼしを、と頼んだのだ」

「…………」

弥市は、目を丸くしている。

「なにをいってるんです？」

徳之助は、冗談をいうねぇ、とふんぞり返ってしまった。

「はは。すまん。これは嘘だ。本当のところはな」

「へぇ……」

弥市と徳之助の目が輝く。どんなすごい策が聞けるのかと期待の態度だ。

「……内緒だ」

「え！」

「なんです！」

ふたりは、ふたたびのけぞって、由布姫に助けを求めたが、由布姫は大笑いをしながら、

「まぁまぁ、ふたりとも。あなたたちで考えてみたらどうでしょうねぇ」

「そんなことがわかるわけがねぇ」

弥市は、ふてくされている。

現場にいた徳之助は、もっと我慢できねぇ、といいたそうな目をしている。

「これだから、旦那たちは信用できねぇ」

「おや、そうか。ならば、もう出入りしなくてもいいぞ」

「いや、だから、それは……」

徳之助は、あたふたと膝を揃えながら、

「ですからね」

「なんだな？」

にやにやしている千太郎の屈託ない姿に、徳之助は、あぁと両手を上げて、

「もう、いいや。帰ります」

「そうか。矢場の女が待っているか」

そこで、徳之助は口をつぐんでしまった。どうやら、また女が変わったらしい。

「なんだい、違う女のところにいるのかい」

弥市が呆れ顔をしながら訊いた。

「へへへ。ちとね」

「なにが、ちとだ。今度はどこの女だ。まさか俺たちが知ってる女じゃねぇだろうなぁ」

「へへへ」

「その顔は……まさか！」

「へっへへ。お敏でござんす。どうも……面目ねぇ」

「矢場の女はどうしたんだい」

「ちょうどいい具合に、追い出されましてございます」

弥市は、十手で徳之助の頭を叩こうとするが、こんなときだけは、すばしっこい。

「へぇ、では、これで失礼いたしやす。あ！」

くねくねとおかしなふうに体を動かして、離れから出ていってしまった。

「しょうがねぇ、あっしもこれで、帰ります」

十手を懐に入れると、弥市も立ち上がった。


ふたりきりになった千太郎と由布姫は、なんとなくばつが悪そうだ。

「いや、おかしな事件であった」

千太郎がわざと口をへの字にする。

由布姫は、口を開こうとしない。さっきから機嫌が悪いのは、男どもの馬鹿らしさに呆れているからだろう。それに気がついている千太郎だから、どんな言葉をいおうかと、思案しながら、

「姫……機嫌を直してもらいたいと思うのだがなぁ」

「…………」

「だめか？」

由布姫の目は、千太郎から少し離れたところに向いている。なにを見ているのかと、千太郎も同じ方向へ目を向けた。おそらく庭を見ているはずだ。花でも見ているのだ

ろうと思ったが、違うらしい。

すぅっと一匹の赤とんぼが部屋のなかに入ってきた。

それがきっかけになったか、それまでぼんやりしていた由布姫の顔がこちらに向けられた。

「千太郎さん」

「はい」

「男とは悲しいものですねぇ」

「あいや……」

「今度の事件では男の馬鹿らしさを知りました。ちょっとしたずれた気持ちが、このような事件を起こすのだ、と気がつきました」

「なるほど」

「ですから、私は今後、千太郎さんが離れていっても仕方がない、と思います」

「まさか……そんなことはあるはずがない」

「そこで、また考えました」

「それがいい」

「離さない方法があるのだと、この事件が教えてくれました」

「はて……」

「殿方は、女の裸が見たいのですね」

「ん、あ、いや……」

「では、私の裸を見たら、私から離れずにそばにいるのでしょうね」

いきなり、由布姫はすっくと立ち上がって、

「では、帯を解きましょう」

「や、や、やめてくれ！」

思わず、その場で飛び上がった千太郎を見て、由布姫は大笑いをしている。

「そんなことをするわけがありません」

目を細めると、両手を前に出した。

「でもこれだけは、いたします……」

小走りに進むと千太郎の胸に飛び込んだ。それを千太郎は、がっちりと受け止める。

「お願いです。この幸せな気持ちをいつまでも……」

「もちろんだ……」

今度の事件が、ふたりの絆をさらに強くさせたようである。

庭に来た猫が、にゃおと鳴き、庭から入り込んだ赤とんぼが、すぅっとふたりのそ

ばを祝福するように、滑っていった。

時代小説
二見時代小説文庫

笑《わら》う永代橋《えいたいばし》 夜逃《よに》げ若殿《わかとの》 捕物噺《とりものばなし》9

著者　聖《ひじり》 龍人《りゅうと》

発行所　株式会社 二見書房
東京都千代田区三崎町二‐一八‐一一
電話　〇三‐三五一五‐二三一一［営業］
〇三‐三五一五‐二三一三［編集］
振替　〇〇一七〇‐四‐二六三九

印刷　株式会社 堀内印刷所
製本　ナショナル製本協同組合

 ISBN978－4－576－13157－3
http://www.futami.co.jp/